ㄴ의
운동화

김 숨
장편소설

L의
운동화

민음사

ㄴ을 기억하는 모든 분께

- 소설 속 L의 운동화 복원 과정은 김겸 박사(김겸미술품보존연구소)의 이한열 운동화 복원 자료와 강의, 인터뷰에 기초함.

차례

1부

1

마크 퀸은 자화상들을 자신의 피로 만들었다. 그는 5년 동안 꾸준히 피를 뽑아 인간의 총 혈액량인 4.5리터가 모아지면 그것으로 자화상 「셀프(Self)」를 제작했다. 자신의 두상을 모형으로 한 석고 거푸집에 피를 부은 뒤 응고시켜 완성한 그 작품들은, 영하 9도 내외의 특수 냉동고 안에서만 형태 유지가 가능한 운명을 태생적으로 가지고 있었다. 1996년 제작한 두 번째 「셀프」는 영국의 유명한 수집가 찰스 사치가 소장했는데, 청소부가 그만 실수로 냉동고의 전원 코드를 뽑는 바람에 피가 녹아내려 훼손되었다.(그 작품은 녹았다가 응고된 흔적들을 아물지 않은 흉터처럼 고스란히 간직하고 있다.) 아이러니하게도 그 작품은 어이없는 실수로 인한 훼손을 통해 작가가 의도한 주제인 생명의 나약함과 유한성을 확실히 증명해 보였다. 연작인 자화상들이 렘브란트의 자화상처럼 자신의 '삶'으로부터 오는 것이기를 바란다고, 그는 말했다던가.

수년 전 한국에서 마크 퀸의 첫 전시회가 열릴 때 나는 「셀프」를 보러 갔다. 핏덩이와 대면하는 순간 나는 극심한 현기증과 함께 구역질을 느꼈다. 신물이 오르던 구역질이 겨우 진정된 뒤 내 머릿속에 떠오른 질문은 이것이었다.

마크 퀸이 죽은 뒤 저 작품이 망실(亡失)될 경우, 저것을 어떻게 복원할 것인가.

피는 살아 있는 몸속에서 생성되고 순환하는 오묘한 재료였다. 온도에 따라 변질, 소실되기 쉬운 피를 다급히 수혈해야 하는 문제가 발생할 경우 그 '피'라는 물질을 어디서 구할 것인가 하는 문제를 안고 있었다. 그냥 피가 아니라, 마크 퀸의 피를. 만약 30대 초반에 모은 피로 제작한 「셀프」일 경우 그 당시의 피를 대체할 물질을. 다른 사람의 피가 섞여도 그것을 여전히 그의 자화상이라고 할 수 있을까.

그렇지 않아도 「셀프」 연작을 전시, 보존하는 데 따르는 어려움을 토로하자 마크 퀸이 말했다던가. 그것을 제작한 당시의 피라는 것이 중요하다고. 그러니까 그 당시 자신의 몸 속에 흐르던 피라는 것이.

　피라는 물질에 대해 생각할 때마다 큰이모가 떠오른다. 목사 사모인 큰이모는 30대 중반에 한쪽 유방을 절제하는 수술을 받았다. 큰이모부가 남산 아래 필동에서 개척 교회를 꾸려 가고 있을 때였다. 큰이모를 도와 전도 활동에 열심이던 어머니는 어느날 갑자기 교회에 발길을 끊었다. 나는 언젠가 어머니에게 그 이유를 물은 적이 있었다.
　"네 큰이모가 글쎄 네 아버지가 중동에서 살이 마르도록 일해서 번 돈을 교회 건축 헌금으로 내놓으라고 요구하지 뭐냐."
　어머니에게 그 요구는 자신이 믿고 의지하던 신의 존재를 부인할 만큼 부당한 것이었다. 어머니는 큰이모가 수혈을 받은 뒤로 사람이 달라졌다고 했다. 자매들 중 가장 착하고 욕심이 없던 사람이 그악스럽고 속물스러워졌다고. 큰이모가 그렇게 갑자기 달라진 것이, 어머니는 순전히 피 때문이라고 믿었다. '다른' 사람의 피가 몸 속으로 들어가 큰이모를 '다른' 사람으로 바꾸어 놓았다고. 큰이모는 유방 절제 수술을 받을 때 생명이 위독할 정도로 많은 피를 흘리는 바람에 다른 사람의 피를 아홉 팩이나 수혈받아야 했다. 어머니는 피뿐 아니라, 간이나 신장 같은 장기가 바뀌어도 사람이 달라진다고 믿었다. 아무튼 어머니의 논리에 따르면 다른 사람의 피가 몸에 흐르면서부터 큰이모는 전혀 다른 사람이 되었다.

피와 거의 흡사한 빛깔을 띠고, 냄새를 풍기고, 농도가 거의 같은 물질을 만드는 것은 현대 의학상 어려운 일이 아닐지도 모른다.

하지만 마크 퀸이라는 특정한 인간의 피와 동일한 물질을 만드는 것은 불가능하지 않을까. 내 어머니의 맹목적인 믿음처럼 피라는 물질이, 물질이라는 차원을 뛰어넘어 한 인간의 고유한 기질과 인격마저 담고 있다면.

2

L의 운동화라고 했다.

채 관장은 L의 운동화를 가져오는 대신에, 그것을 찍은 사진을 가져왔다. 운동화가 손으로 집어 들 엄두조차 내지 못할 만큼 심각한 상태라는 것을 나는 사진으로 충분히 짐작할 수 있었다.

사진 속 L의 운동화를 통해 내가 깨달은 것은 두 가지였다. 하나는 L의 운동화가 질량, 밀도, 탄성 등 물리적 성격을 띤 '물질'이라는 것. 또 하나는 유물이든, 예술 작품이든, 유품이든 '그 어떤 물질'이라는 것이었다. 단일 물질이든, 여러 물질의 조합이든.

모든 물질은 외부 환경의 영향을 필연적으로 받을 수

밖에 없다. 환경을 구성하고 있는 여러 가지 조건들에 의해 천천히 혹은 빠르게 손상을 입을 수밖에. 이산화탄소 같은 무색의 기체들, 수증기, 적외선, 자외선, 진동 등에 의해.

산소와 결합해 굳는 유화 물감이 화학적으로 완전하게 굳는 데 소요되는 시간은 10년이다. 뚜껑을 꼭 닫은 용기 속 유화 물감이 수년이 지나도록 액체 상태를 유지하는 것은 그 때문이다. 따라서 유화 작품에 먼지가 묻으면 느리게 굳는 과정에서 먼지가 작품 속으로 먹혀들어 손상을 입을 수밖에 없다. 순전히 그러한 이유로 유화 물감보다 아크릴 물감을 선호하는 화가들을 나는 알고 있다.

"폴리우레탄과 유사한 소재로 만든 현대 미술품을 복원하신 경험이 있으시다고 들었어요."

나는 그제야 사진에서 시선을 거두고 탁자 너머 채 관장을 응시한다.

"아니요. 저는 다만, 사례를 알고 있습니다."

"아, 그런가요."

"마르셀 뒤샹의 「제발 만지시오(Prière de Toucher)」라는 작품이, 미국에서 복원된 사례가 있습니다."

폴리우레탄은 열화(劣化)가 일어나는 매우 불완전한 재료다. 마크 퀸의 피처럼 보존성을 따질 때 어쩔 수 없는

'한계'를 가진 물질인 것이다. 그러나 현대미술에서 폴리우레탄보다 더 치명적인 한계를 가진 물질을 예술 작품의 주요 재료로 사용하는 경우는 얼마든지 있다.

탯줄, 코끼리의 배설물, 남자의 정액, 타액, 죽은 나비, 살아 있는 파리와 피를 흘리는 소의 머리가 미술 작품의 재료로 쓰이는 시대가 아닌가.

이탈리아 작가 피에로 만초니는 자신의 똥을 재료로, 「예술가의 똥」이란 작품 90개를 만들었다. '예술가의 똥. 정량 30g. 원상태로 보존. 1961년 5월에 생산 포장'이라는 문구가 인쇄된 라벨을 4개 국어로 써서 붙이고 납땜으로 밀폐시킨 작품으로, 그는 의미 부여를 중요시하는 사회를 향해 "의미 없는 것은 없다. 모든 것이 의미 있다"는 메시지를 전달하려는 의도로 그 작품을 만들었다고 했다.

사례가 있는 것과 없는 것.

복원 작업에 있어서 그 둘 사이에 엄청난 차이가 있다는 것을, 나는 구태여 채 관장에게 설명하지 않는다.

"지금 L의 운동화를 어떻게 보관하고 있나요?"

"특수 제작한 진열장 안에요."

L의 다른 유품들인 옷과 지류들은 모두 보존 처리했지만, 운동화의 경우 한 짝만 남아 있는 데다 상태가 심각해 보존 처리를 못했다고 그녀는 덧붙인다.

수년 전 신촌 쪽에 L기념관이 세워졌다는 기사를 나는 모 일간지 지면에서 읽은 적이 있다.

"복원 가능성 여부는 L의 운동화를 직접 보고 나서야 판단할 수 있을 것 같습니다."

"기념관에 오시면 L의 운동화를 보실 수 있어요."

"그런데 L의 운동화가 그 전에는 어디에 있었나요? 특수 제작한 진열장에 보관하기 전까지는요."

"아크릴로 짠 진열장 안에 넣어 기념관 4층 전시실에 보관해 왔습니다."

그렇다면 그 전에는 어디에 보관을 했는지 궁금하지만 나는 묻지 않는다. 역순으로 거슬러 올라가다 보면 L의 발을 떠올릴 수밖에 없을 것이므로.

나는 몇 가지 질문을 통해 4층 전시실에 커다란 통유리 창이 나 있었고, 그 창을 통해 쏟아져 들어오는 햇빛에 L의 운동화가 고스란히 노출되어 있었다는 사실을 알게 되었다. L의 운동화가 그 지경까지 손상된 것에 대해 그녀가 자책감을 갖고 있는 것 같은 느낌을 받았지만, 어디까지나 내 짐작이었다.

"그 기간이 어느 정도나 되나요? 그러니까 아크릴로 짠 진열장에 넣어 보관한 기간이요."

"그게, 2005년부터 2013년까지니까…… 8년 동안이네요."

그녀는 자신도 모르던 사실을 뒤미처 깨달은 듯 표정을 경직시키고 중얼거린다. 몸무게가 40킬로그램이나 나갈까 싶게 마른 그녀가 L과 애초에 어떤 관계였는지 문득 궁금하다. L에 대해 이야기할 때, 별다른 호칭 없이 이름을 부르는 걸로 봐서 학교 선배나 동기가 아니었을까 짐작할 따름이다.

햇빛에 고스란히 노출되어 있던 8년 동안 L의 운동화에는 태양열과 자외선이 집요하게 지속적으로 가해졌을 것이었다. 자외선은 인간의 피부뿐 아니라 미술 작품에도 치명적이다. 회화 작품의 경우 변색을 방지하기 위해 자외선 차단은 필수다. L의 운동화는 공교롭게도 최악의 환경에 방치되어 있었던 셈이다.

언젠가 팔순의 미술 애호가가 내게 물은 적이 있었다. 미술 작품을 보관하기에 가장 좋은 장소가 어떤 곳인지. 나는 사람에게 최적인 장소가 미술 작품에도 최적인 장소라고 알려 주었다. 반나절 어슬렁어슬렁 머물러 보면 그곳이 미술 작품을 복원하기에 적당한 장소인지 아닌지 몸이 알려 줄 거라고. 저녁 6시 이후로 물 이외 음식물을 일절 먹지 않을 만큼 스스로에게 철저한 그 애호가는, 정기 검진을 받듯 자신의 애장품들을 보존연구실로 보내 치료를 받게 했다. 치과 치료로 치자면 정기적으로 스케일링을 받고, 예전에 치료받은 충치가 혹시나 더 악화되지는 않았는지 살폈다.

"말씀드린 것처럼, 2013년에 운동화를 제외한 L의 다른 유품들을 복원, 보존 처리했어요. 땀과 피와 최루가스와 응급 약품 등에 의해 심하게 손상되어서 원형 그대로 복원하지는 못했지만요. 더 이상의 손상과 변형을 막으려면 항습·항온 기능을 갖추고 자외선이 차단되는 보존 환경을 갖추는 것이 시급하다는 결론을 내리고, 완전 밀폐가 가능한 진열장을 만들었어요. 유품들은 현재 영구 보존을 위해 3단계 특수 처리 과정을 거쳐 수장고에 보관하고 있어요. 운동화를 제외하고 지금 기념관에서 전시 중인 유품들은 복제품이에요. 저희 기념관에서는 매년 한 달 동안만 유품 원본을 공개하고, 나머지 기간에는 부식 위험을 줄이기 위해 복제품을 전시하고 있어요. ……늦지는 않았겠지요?"

"……."

"얼마나 버틸 수 있을까요?"

"글쎄요……."

"1년…… 1년은 그럭저럭 버티겠지요?"

"……."

"28년 동안 버텼으니까, 1년은 더 어떻게든⋯⋯."

그녀는 독촉하지 않는 방식으로, 나를 독촉한다. L의 운동화가 앞으로 얼마나 더 버틸 수 있을지는, 그녀 자신이 그 누구보다 더 잘 알고 있지 않을까. 그럼에도 질문한 이유는 L의 운동화가 버틸 수 있는 데까지 버티었다는 것을 내게 일깨워 주려는 의도가 아닐까.

채 관장이 사진들을 두고 돌아간 뒤 나는 스스로에게 질문들을 던진다.

L의 운동화를 최대한 복원할 것인가?

최소한의 보존 처리만 할 것인가?

아무것도 하지 않고 내버려 둘 것인가?

레플리카를 만들 것인가?

질문들은 그러나 시의적절하지 않다. L의 운동화 복원 작업을 진행할지 말지 결정한 뒤에나 의미 있는 질문들이기 때문이다.

그 질문들은, 내가 복원 작업에 들어가기 전 일차적으로 던지는 질문들이기도 하다.

아무것도 하지 않는 복원 역시 복원에 속한다. 분석만 하고 그 어떤 치료도 하지 않는 것도.

3

 채 관장이 다녀간 지 닷새가 지나도록 나는 L의 운동화를 보러 가지 않는다. 대개의 경우 나는 결정을 신속하게 내리는 편이다. 왜냐하면 복원가인 내게 오는 미술 작품들 대개가 응급 치료를 요할 만큼 훼손이 심각하기 때문이다. 경우에 따라 나는 그 자리에서 복원 여부를 즉시 결정한다. L의 운동화는 더구나 환자에 비유하자면 중환자실의 생사를 다투는 환자로, 의사(擬死) 상태나 마찬가지다. L의 운동화가 어떤 지경인지 누구보다 잘 알면서 미루는 이유는 복원하기로 결정을 내릴 경우, 그 작업을 내가 해야 하기 때문이다.

 내 작업대는 두 달째 비어 있다. 도구들은 동면에 든

듯 긴 휴식 시간을 보내고 있다. 나는 당분간 어떤 복원 작업에도 참여하고 싶지 않을 만큼 지쳐 있었다.

내가 가장 최근에 복원한 것은 풍경화였다. 의뢰인은 일흔이 넘은 사내로, 그는 그것이 죽은 아내가 살아생전에 그린 풍경화라고 했다. 그는 아내가 교통사고로 죽기 몇 달 전부터 취미로 문화센터에 미술을 배우러 다녔다고 했다. 풍경화는 아내가 처음이자 마지막으로 완성한 작품으로, 이사를 앞두고 물건들을 정리하다가 장롱 뒤에서 우연히 찾아냈다고 했다. 아내가 죽은 지 7년이나 지나도록 그것이 장롱 뒤에 있는 줄 까맣게 몰랐다고. 노란 수련이 만발한 연못이 배경인 풍경화가 생전의 아내가 그린 그림이라는 것을 깨닫는 순간 그는 아내의 영혼을 장롱 뒤에 처박아 둔 것만 같은 기분이 들어 고통스러웠다고 했다.

유화로 베니어합판에 그린 풍경화는 습기를 머금어 균열이 가고 곳곳의 물감층이 떨어져 있었다. 예술품으로서 가치가 없는 풍경화를 복원해 달라는 사내의 요구를 나는 기꺼이 받아들였다. 풍경화는 그에게 죽은 아내를 상징했다. 그러므로 풍경화를 복원하는 것은 그의 죽은 아내를 애도하는 행위이자, 되살리는 일이기도 했던 것이다.

L의 운동화 복원 작업이 나는 내키지 않는다. 그 이유를 대라고 하면 얼마든지 댈 수 있다.

첫째, L의 운동화를 복원하는 작업은 L을 복원하는 작업이기도 하다.

둘째, 폴리우레탄을 재료로 한 작품을 복원한 경험이 내게는 없었다.

그러나 이것은 정당한 이유가 될 수 없다. 내가 복원한 것들의 70퍼센트는 처음 경험한 것들이다. 복원 의뢰가 들어오면 나는 비슷한 사례들을 검토한다. 더구나 채 관장에게 말했듯 나는 폴리우레탄 작품을 복원한 사례를 알고 있었다. 폴리우레탄은 경험해 보지 않은 재료지만, 낯선 재료는 아니다. 대학교에서 화학을 전공한 내게 폴리우레탄은 어떻게 생각하면 만만한 재료다.

셋째, L의 운동화가 내게는 더없이 추상적인 그 어떤 물건 같다. 운동화는 보편적이고 구체적인 사물이다. 그러나 L의 운동화는 단순히 운동화가 아니다. 그것은 그냥 운동화가 아니라, L의 운동화인 것이다.

넷째, 복원 기간이 한정적이다. 채 관장은 연초에 L의 운동화 복원을 내게 의뢰하면서 6월 10일 이전에 그것이 복원되었으면 하는 의사를 전했다. 나는 기간을 정해 두고 해야 하는 복원 작업에 거부감을 가지고 있다. 9년 전

내가 돌연 M미술관 복원실을 떠난 것은 그 때문이었다. 미술관 복원실은 병원 응급실 같은 곳이다. 전시 중인 작품이 언제 상처를 입고 고통스러운 비명을 지르면서 실려 올지 모른다. 복원가는 최대한 신속하게 응급 처치를 해 전시장으로 되돌려 보내야만 한다. 복원가들은 흔히 복원실을 병원에, 복원가를 의사에, 작업대를 수술대에 비유하고는 한다.

다섯째, L의 운동화는 유물도 그렇다고 예술 작품도 아니다.

이것 역시 정당한 이유가 될 수 없는 게, L의 운동화는 역사적인 가치를 지니는 물건이었다. L이라는 한 개인의 유품을 넘어서서 시대의 유품이 된.

보존연구소 복도에서 만난 문이 L의 운동화에 대해 물어 온다. 그는 내가 L의 운동화를 당연히 복원해야 한다고 생각했다. L의 운동화에 대해서라면 L과 동문인 그가 나보다 더 잘 알고 있었다.

"아직 어떤 결정도 내리지 않았네."

"나는 자네가 망설이는 이유를 모르겠어."

"내가 왜 L의 운동화를 복원해야 하는지 모르겠네."

"루이스 부르주아의 작품은 왜 복원했지?"

문은 내가 그동안 복원한 유물과 예술 작품들, 개인 소장품들을 하나하나 나열하면서 그렇다면 내가 그것들을 왜 복원했는지 묻는다.

"재료는 그만한 생(生)이 있다"고 말한 루이스 부르주아는 내가 개인적으로 흠모하는 작가다. 1997년 이후 칩거를 선택한 95세의 그녀를 《지큐 코리아》에서 인터뷰한 적이 있었다. 예술이 자신에게는 자기만의 정신분석학이라고 말하면서 정작 자화상 작업을 하지 않는 이유에 대해 기자가 묻자, 그녀가 대답했다.

"나는 나 자신에게 관심이 없다. 'I, me, myself'라는 말은 소름 끼친다."

1년 전 나는 부르주아의 청동 작품을 복원한 적이 있었다. 작품에 낀 녹을 제거했는데, 다소 과장해서 이야기하자면 그녀의 혼에 위배되는 작업이었다. 그녀가 시간에 따른 작품의 변질을 훼손으로 보지 않고 작품의 일부로, 생로병사의 흐름으로 수용했기 때문이다. 녹을 제거하는 내내 나는 "과거는 나로부터 이미 도망치고 있다"던 그녀의 말을 머릿속에서 떨칠 수 없었고, 여전히 그렇다.

항상 그런 것은 아니지만, 나는 복원 작업에 들어가기 전 문에게 의견을 구하고는 한다. 그것은 문도 마찬가지로 필요에 따라 함께 작업을 진행하기도 했다. 그런데 L의 운동화를 두고 나는 그에게 어떤 의견도 구하지 않고 있었다.

5년 전 문과 나는 공동 투자 방식으로 지금의 보존연구소를 열었다. 분석실 강 선배가 합류한 것은 보존연구소를 연 지 3년이 지나서였다. 대학교에서 조각을 전공한 문은 언젠가 내게 자신이 로댕이나 자코메티 같은 세기적인 조각가는 될 수 없다는 것을 일찌감치 깨닫고, 복원 전문가의 길을 선택했다고 고백했다. 그는 비록 세기적인 조각가는 되지 못했지만, 복원 전문가로서 자신의 이력을 성실하게 쌓아 가고 있다.

문이 L의 운동화에 특별한 관심을 갖는 것은 그것이 신발이기 때문인지 모른다. L의 운동화가 그에게 아버지의 구두를 떠오르게 하기 때문인지도.

10년도 더 전 서울시청 근처 해장국 식당에서 밥을 먹으면서 문이 아버지의 구두에 대해 내게 이야기한 적이 있었다. 둘 다 M미술관 복원실에서 근무할 때로, 전날 문과 나는 전시를 하루 앞두고 팔이 절단 난 석고상을 복원하느라 날밤을 꼬박 새웠다.

가스 기사였던 그의 아버지는 그가 아홉 살 되던 해 냉동 가스실에서 작업을 하다가 가스에 질식해 세상을 떠났다. 그의 어머니는 죽은 남편의 유품들을 정리하면서 구두를 한 켤레 남겨 두었다. 검정 소가죽 구두로, 이사를 갈 때마다 그 구두를 챙겨 가 현관에 놓아두었다. 그래서 가족들은 물론 그의 집을 방문한 손님들을 가장 처음 맞는 것은 늘 아버지의 구두였다.

"한번은 여름방학을 맞아 어머니가 누나와 나를 데리고 부산 이모 댁에 다녀온 적이 있었어. 이모가 해운대 근처에 사셨거든. 아버지가 돌아가시고 나서 어머니가 우리를 데리고 집을 멀리 떠난 것은 그때가 처음이었어. 햇볕에 하도 타 살갗이 벗겨질 정도로 놀다가 집으로 돌아왔는데, 아버지 구두가 집 안이 아니라 집 밖을 향하고 있어서 얼마나 놀랐는지 모르네. 어머니가 항상 집 안을 향하게 구두를 놓아 두었거든. 정말이지 귀신이 곡할 노릇이었지. 집을 나서기 전 어머니가 아버지의 구두를 쓰다듬는 걸, 집 잘 지키고 있으라고 주문을 외우듯 당부하는 걸, 내가 똑똑히 지켜보았거든. 그때도 아버지의 구두는 언제나 그렇듯 집 안을 향하고 있었네. 과학적으로는 도무지 증명할 길 없는 그 일 이후로 어머니는 아버지 제사 때마다 그 이야기를 하시지. 어머니는 아버지가 집에 다녀가신 거라고 철석같이 믿으셔. 우리가 집을 비운 동안에 아버지가 구두를 신고 외출했다가 돌아온 거라고."

그는 간혹 어머니 모르게 아버지 구두에 몰래 발을 집어넣고는 했다. 고등학교 2학년 되던 해 아버지의 구두가 몹시 작게 느껴질 정도로 자신의 발이 자랐다는 것을 깨달았고, 왠지 모를 서러움이 밀려들어 통곡하듯 울었다.

"생각해 보면 아버지 구두가, 아버지를 대신해 어머니와 우리 남매를 지켜 준 것 같아. 아버지 구두가 우리를 지켜 주고 있다는 믿음이 내게 있었던 것 같아. 혜화동에 살 때였네. 어머니가 식당에 일을 다니셔서 집에는 온종일 누나하고 나, 둘뿐이었지. 밤 10시가 넘은 늦은 시간에 낯선 사내가 불쑥 찾아온 적이 있었어. 방문을 두드리는 소리가 들려서 주인할머니인 줄 알고 열어 주었는데 웬 사내가 서 있지 뭐야. 주인할머니가 종종 미국 사는 딸이 보내왔다면서 미제 과자나 초콜릿 같은 것을 가져다주셨거든. 술 냄새를 풍기던 그 사내가 아버지 구두를 흘끗흘끗 쳐다보는 게 느껴졌지. 내 운동화 옆에 묵묵히 놓여 있던 아버지의 구두를 말이야. 욕설을 섞어 가면서 혼잣말을 중얼거리더니 홀연히 가 버리더군. 아버지 구두가 아니었으면 그날 우리들에게 무슨 일이 벌어졌을지 생각만으로도 끔찍하네."

그의 어머니가 세상을 떠나고, 아버지 구두는 신발장 구석에 처박혀 있다. 쌍둥이인 아이들 신발이 현관에 넘쳐나 아버지 구두를 놓아둘 자리가 없어서. 유치원 갈 때 신는 신발, 비 올 때 신는 신발, 눈 올 때 신는 신발, 여름 신발, 겨울 신발, 스파이더맨 운동화…….

현관 아버지의 구두가 놓여 있던 자리를, 아이들의 신발이 차지한 것을 그는 한동안 까맣게 몰랐다. 아내가 아이들을 데리고 친정에 다니러 가 혼자 집을 보던 날 그 사실을 깨닫고는 스스로에게 몹시 화가 났다. 유령처럼 부연 먼지를 뒤집어쓰고 신발장 구석에 처박혀 있는 아버지 구두를 발견하고는.

4

공용 주차장 관리인처럼 차려 입은 사내가 품에 안고 있는 것은 죽은 토끼다.

이목구비가 크고 뚜렷한 사내의 얼굴은, 오일을 바른 알루미늄포일처럼 섬뜩하고 기괴하게 번들거린다. 사내는 벽에 걸린 그림들을 앞에 두고 죽은 토끼에게 무슨 말인가를 속삭인다.

방 안에는 칙칙하고 두툼한 펠트와 짐승의 비곗덩어리와 철사와 나무가 어지럽게, 그러나 나름의 질서 속에 놓여 있다.

요셉 보이스의 퍼포먼스 동영상 「죽은 토끼에게 그림

을 설명하는 법」을 나는 반복해서 보고 있다.

'모든 사람은 예술가다'라는 문구로 유명한 보이스는, 1965년 11월 26일 사설 갤러리에서 개인전을 갖기 전 이색 퍼포먼스를 펼쳤다. 꿀과 금을 얼굴에 칠하고, 품에 안은 죽은 토끼에게 그림을 설명하는 파격적인 퍼포먼스로, 그의 예술 세계를 극적으로 보여 주었다.

"완고한 이성주의로 무장한 인간보다 토끼가 더 잘 이해한다. 나는 토끼에게 그림에서 정말로 중요한 것이 무엇인지 이해하기 위해 필요한 것은, 그림을 그저 훑어보는 일이라고 말했다."

자신의 퍼포먼스에 대해 그렇게 설명한 그에게, 죽은 토끼는 말하자면 퍼포먼스를 위한 재료였다.

농부의 아들로 태어난 그는 2차 세계대전 때 나치 전투기 조종사였다. 전투기를 타고 가다 소련군의 포격을 받고 러시아 크림반도의 들판에 추락해 홀로 사경을 헤매던 그는, 운이 좋게도 원주민인 타타르인에게 발견되었다. 원주민은 대대로 내려오는 민간요법대로 온몸에 버터를 바르고 펠트 담요를 덮어 그를 살려 냈다. 생사를 오간 악몽 같은 경험은 그의 인생을 완전히 바꾸어 놓았다. 고향으로 돌아온 그는 뒤셀도르프 주립 미술학교에 진학해, 기행적이고 주술적인 퍼포먼스를 활발히 펼치면서 자신만의 독특한 작품 세계를 구축해 나갔다. 독일인인 그의 작품들이 샤머니즘적인 분위기를 띠는 것은 (죽은 토끼를 품에 안은 그의 중얼거림은 영매의 주문과 흡사하다.) 그러한 경험 때문이었다. 그의 작품에서 펠트, 버터, 토끼 같은 동물 오브제가 강박적으로 자주 등장하는 것 역시.

보이스의 아버지는 농부이면서 버터 공장에서 일을 했던 것으로 알려져 있다. 그런데 신기하게도 크림반도 들판에 추락해 생사를 헤매던 그를 살린 것도 버터였다. 그는 고체인 버터가 녹는 것을 보고는 그것에도 생명이 있는 걸 느꼈다던가.

그는 샌드위치를 만들 듯 검은 연탄 사이에 노란 버터를 넣어 작품을 탄생시키기도 했다. 그 작품은, 연탄이 타들면서 발산하는 열에 의해 버터가 녹아 흘러내리는 이미지를 동시에 품고 있었다.

그러고 보면 그 어떤 존재를 가장 강렬하게 느끼는 때는, 그것이 죽어 갈 때가 아닐까. 희미해져 갈 때, 변질되어 갈 때, 파괴되어 갈 때, 소멸되어 갈 때.

나치 전투기 조종사였던 그가 크림반도 들판에 떨어지지 않았다면, 그의 인생은 어떤 방향으로 흘러갔을까.

그날 나는 채 관장에게 미처 말하지 못했다. L의 운동화가 내게 보이스의 죽은 토끼를 떠오르게 한다는 것을.

보이스에게 토끼는 특별한 오브제로 그의 판화, 드로잉에도 등장한다. 굴속에서 태어나 지상으로 나오는 토끼는 그에게 부활을 상징했다. 사전적으로 토끼는 직관력, 대지, 번식을 상징하기도 한다.

동영상을 반복해서 보는 동안 내 머릿속에는, 얼굴에 꿀과 금을 바른 보이스가 'L의 운동화'를 품에 안고 알아들을 수 없는 말을 중얼거리는 모습이 저절로 그려진다. 동영상에서처럼 오른발에는 펠트 밑창을 댄 구두를, 왼발에는 강철 밑창을 댄 구두를 신고서.

「죽은 토끼에게 그림을 설명하는 법」이 손상되었을 경우 그것을 어떻게 복원할 것인지 고민한 적이 있었다. 필름에 기록된 영상이 아니라, 미술관에서 전시 중인 설치 작품이라는 가정 아래.

속삭임은 물질이 아니라 비물질이다. 실재하지 않는 데다 구체적인 형상을 띠지 않는 비물질은 인간의 의식과 오감을 자극한다.

속삭임을 구성하는 것은 언어와 목소리다. 그렇다면 목

소리를 구성하는 요소들은? 음색, 음정, 음조, 그리고 그것을 내는 사람의 심리와 기질과 성품⋯⋯. 더구나 보이스의 속삭임은, 죽은 토끼만이 해독 가능한 주술적인 속삭임이다. 보이스라는 인간은 죽고 없다. 그의 목소리 역시 죽음과 함께 소멸하고 없다.

비물질은 현대 미술의 중요한 재료로 자리 잡았다. 영상, 소리, 침묵, 빛, 어둠, 바람, 냄새, 감촉, 움직임 등 비물질적 재료들을 기록하고 재현하는 작업은 복원가들에게 당면한 숙제와 같다.

L의 운동화를 구성하고 있는 것은 물질이다. 그것을 구성하고 있는 물질들을 구체적으로 나열하자면 폴리에스터우레탄, PVA, 나일론 등이다. 그런데 나는 폴리에스터우레탄이라는 물질적 요소보다, 비물질적인 요소가 L의 운동화의 큰 부분을 차지하고 있는 것 같은 생각이 든다. 화학적으로, 물리적으로 분석이 불가능한 그 어떤 고유하고 특정한 요소가. 예를 들자면 보이스의 속삭임 같은 요소가.

보존연구소 근처 덮밥 전문 식당에서 버섯야채덮밥을 먹으면서 나는 중얼거린다. ⋯⋯토끼가 더 잘 이해한다. 죽은 토끼가 더 잘 이해한다. 내가 중얼거릴 때마다 밥알과 양송이버섯과 피망과 돼지고기가 한꺼번에 씹힌다. 식당 구석에서는 30대 중반의 여자가 빈 탁자 위에 도마를 놓고 무심히 돼지고기 덩어리를 썰고 있다. 도마 앞에는 손바닥만 한 돼지고기 덩어리들이 수북이 쌓여 있다. 여자는 돼지고기 덩어리를 잘게 썰어, 볼이 깊어 보이는 양푼 속에 담는다.

버섯야채덮밥에 딸려 나온 미소된장국을 떠먹던 나는 화들짝 놀란다. 돼지고기 덩어리를 썰고 있는 여자의 얼굴이 속수무책으로 늙어 있어서. 복원 불가능하도록.

순식간에 수십 년이 흐른 듯한 충격은 주방에서 걸어 나오는 여자를 보고서야 겨우 진정이 된다. 식당 여자는 둘이었다. 모녀지간인 듯한 두 여자가 교대로 돼지고기 덩어리를 썰고 있었던 것이다.

토끼가 더 잘 이해한다.

죽은 토끼가 더 잘 이해한다.

그 둘 사이에는 커다란 차이가 있다.
토끼와 죽은 토끼가 내게는 다른 동물 같다. 종이 다른 동물만.

보이스는 말이나 백조, 토끼 같은 동물들이 하나의 존재 단계에서 다른 존재 단계로 자유롭게 이동 가능하다고 믿었다.

그렇다면 L도 하나의 존재 단계에서 다른 존재 단계로 자유롭게 이동 가능할까. 이를테면 그가 신었던 운동화로.

5

"복원 역사에 있어서, 렘브란트의 「야경」만큼 수난을 겪은 작품은 없을 것입니다. 흔히 예수의 수난에 비교할 정도니까요. 1642년 작인 그 작품이 처음 복원된 것은 18세기입니다. 아직 복원 기술이 미숙한 시기로, 먼지를 제거하지 않고 바니시를 새로 칠한 탓에 명암이 원작보다 어두워졌습니다. 1975년에 「야경」은 예기치 않은 수난을 당하게 됩니다. 정신 질환을 앓던 사내가 빵을 자르는 칼로 「야경」을 난도질하는 사건이 발생합니다. 복원 전문가의 바느질 봉합 작업으로 원래의 모습을 되찾은 「야경」은 1990년에, 염산 테러라는 또 한 번의 황당한 수난을 당합니다. 다행히 신속한 응급조치 덕분에 큰 피해는 면할 수 있었습니다. 응급조치라는 것이 물을 뿌리는 것에 지나지 않았지만, 그 응급조치 덕분에 그림의 겉면인 바니시 층만 손상을 입었습니다."

일주일에 한 번 나는 시청 쪽에 있는 사설 아카데미에서 미술품 복원에 대한 강의를 한다. 16주에 걸쳐 매주 월요일 복원에 대한 의미를 짚어 보고, 복원 작업이 왜 중요한지, 그리고 어떻게 복원 작업이 이루어지는지 중요한 사례들을 들어 가면서 강의를 진행한다. 수강생들은 주로 삼사십 대로, 미술을 전공하는 대학생부터 전업주부까지 직업은 다양하다.

강의가 끝나 갈 즈음 여대생이 레플리카에 대해 어떻게 생각하는지 질문한다. 대학교에서 미술을 전공하고 있다는 여대생으로, 최근에 다녀온 클림트와 실레의 레플리카 전시회에 대한 감회를 털어놓는다. 전시장을 나설 때까지 가짜라는 생각을 떨칠 수 없었다고.

고가인 명작의 경우 운송 도중에 발생할 수 있는 훼손과 분실 위험, 고가의 보험료에 대한 부담 때문에 레플리카를 제작해 전시회를 열기도 한다. 한국에서 전시 중인 작품들은 오스트리아 정부 허가 아래 명화 복제를 전문으로 하는 트윈박물관이 제작했는데, 그들 고유의 기술력으로 원작의 색채와 질감, 크기를 그대로 살렸다.

나는 레플리카가 상업적으로 이용되는 것에 대한 우려와 반감을 표한 뒤 강의를 끝낸다.

엘리베이터에서 다시 만난 여대생은 복원가가 되고 싶은 자신의 의지를 조심스럽게 밝힌다. 엘리베이터에는 여대생 말고도 강의를 듣는 50대 사내와 라디오 PD로 알고 있는 40대 여자가 함께 타고 있다. 복원가가 되기 위해서 어떤 노력을 해야 하는지 구체적으로 알고 싶어 하는 여대생에게 나는 명화를 똑같이 그리는 작업을 꾸준히 하라고 조언한다.

"명화요?"

나는 외국의 유명한 미술관에서 흔히 볼 수 있는 풍경에 대해 이야기한다. 명화 앞에 이젤을 가져다 놓고 그것과 똑같이 그리는 모사 작업에 몰두하는 이들을 흔히 볼 수 있는데, 그들이 실은 복원 전문가가 되기 위해 부단한 훈련을 하는 중이라고.

"모사라면 질리도록 했어요…… 질리도록. 1660년에 완성한 렘브란트의 자화상을 102장이나 모사했는걸요."

여대생의 목소리가 미묘하게 떨린다.

"102장이나요? 렘브란트의 자화상은 눈을 감고도 그리겠어요."

50대 사내가 여대생을 보고 웃는다. 중학교 교사라고

했던가. 완고한 얼굴과 다르게 순박한 웃음소리가 엘리베이터에 떠돈다.

"아니요, 그렇지 않아요."

여대생이 정색을 하고 사내를 쏘아본다.

"102장이나 모사했다면서요."

사내가 항변하듯 중얼거린다.

"그게…… 그릴 때마다 달라서요…… 매번 그릴 때마다 렘브란트의 얼굴이 달라서……."

혼란스러운 듯 여대생의 얼굴이 일그러진다.

"아, 그래요?"

사내가 어깨를 으쓱해 보인다.

"그릴 때마다 렘브란트의 얼굴이 미묘하게 달라져 있어서…… 같은 얼굴이 아니라 다른 얼굴을 그리는 것 같아요."

"자화상이 살아 있는 얼굴도 아니고, 어떻게 다를 수 있나요?"

여대생의 뒤에 서 있던 여자가 황당해하면서 의문을 제기한다. 목소리가 가늘고 높아 공격적으로 들린다.

"그럼 죽은 얼굴인가요?"

여대생이 대뜸 여자에게 묻는다.

"죽은 얼굴은 아니지, 죽은 얼굴은 아니야. 그렇다고

살아 있는 얼굴도 아니지……."

사내가 혼잣말처럼 중얼거린다.

여자가 뭔가 말을 하려다 말고 입을 쌜쭉 다문다.

나는 여대생에게 렘브란트의 자화상 말고 모사한 명화가 있는지 물어본다. 여대생이 고개를 가로젓는다. 내가 그렇게 질문한 것은 여대생이 렘브란트의 자화상만 반복해서 모사했을 것 같은 내 짐작이 맞는지, 틀린지 확인하기 위해서였다.

여대생이 렘브란트의 자화상을 102장이나 모사할 수 있었던 것은, 그의 얼굴이 매번 미묘하게 달라 보였기 때문이 아닐까.

6

　내성적이고 조용한 강 선배는 흔히 하는 말로 기러기
아빠다. 그의 아내는 7년 전 초등학교 저학년이던 두 아
들을 데리고 미국으로 조기 유학을 떠났다. 그가 내게 했
던 말들 중 가장 인상적인 말은 분석에 대한 것이 아니라
욕망에 대한 것이었다. 남자로서 성적 욕망이 완전히 소
멸한 뒤에야 자신의 아내가 미국에서 돌아올 거라고 그
는 말했다. 담배와 술을 일절 하지 않는 데다 별다른 취미
가 없는 그는, 보존연구소와 집을 괘종시계의 추처럼 오
간다. 조기 유학을 준비할 때 그의 아내는 만만치 않은 초
기 비용을 마련하기 위해 살던 아파트를 전세로 돌렸다.
서울과 경기도 일대 아파트 값이 가파르게 치솟을 때 분

양받은 아파트로, 전세금 빼 주고 은행에서 대출받은 융
자금 갚고 나면 한 푼도 남지 않을 정도로 시세가 급락했
다. 자신의 멀지 않은 미래가 너무나 훤히 그려진다고 그
는 자조적으로 중얼거리고는 한다.

"전세 살고 있는 빌라 주인이 갑자기 전세금을 올렸으
면 해서 통장 잔고를 확인해 봤더니 32만 2330원이 전부
더군."

그는 월급의 대부분을 미국으로 송금한다. 얼마 전 그
는 자신이 5년째 정신과 약을 복용한다는 사실을 내게 고
백했다. 보름 일정으로 한국에 나왔다가 다시 미국으로
떠나는 아내와 아이들을 인천공항까지 배웅하고 돌아오
는 차 안에서 첫 발작이자 증상이 나타났다. 도무지 숨을
쉴 수가 없어서 갓길에 차를 세우고는, 시퍼렇게 멍이 들
정도로 가슴패기를 손으로 쥐어뜯었다. 경주 벚꽃마라톤
대회에 나가 3등으로 들어올 만큼 즐기던 마라톤을 관둔
것도 실은 그 때문이었다. 혼자 차 안에서 감당해야 했던
죽음의 공포를 그는 생생하게 기억했고, 언제 또 불쑥 그
증상이 자신을 엄습할지 모른다는 공포 때문에 그는 아침
에 눈을 뜨자마자 정신과에서 처방 받은 약을 복용한다.
아침 6시 정각이면 어김없이 울리는 알람 소리가 그에게
는 약 복용을 알리는 소리로 들린다.

그와 대화를 나눌 때, 물 위에 낀 기름처럼 표정이 얼굴과 겉도는 순간들이 있는데, 복용하는 정신과 약 때문일지 모르겠다는 생각을 한 적이 있다. 대화에 집중하기 어려울 정도로 심하게 겉돌 때면 나는 그의 얼굴을 바라보는 것이 거북스러워 슬그머니 외면했다.

정신과 약을 복용한다는 고백보다, 정신과 약을 복용하고 처음으로 행복한 감정을 느꼈다는 고백이 내게는 더 충격적이었다. 그 전까지는 행복하다는 감정이 어떤 것인지 모르는 채 살았다는 것을 깨닫고 그는 몹시 놀랐다고 했다. 아버지도, 어머니도, 형제들도, 아내도, 아들들도 주지 못했던 행복감을 20밀리그램이 정량인 캡슐 속 가루약이 주고 있다는 생각을 하면 목덜미가 서늘해지는 소름과 함께 말로 설명하기 어려운 공포감이 밀려든다고. 그럴 때면 그는 그 공포감을 잊기 위해서 약을 한 알 더 복용한다고. 20밀리그램에 20밀리그램이 더해지면 공포감이 씻은 듯 사라진다고 했다.

"가족들은 선배님이 정신과 약 드시는 거 알고 있어요?"

"아버지 돌아가시고 장지에서 돌아온 날 밤, 나도 모르게 감정이 격해져서는 집사람에게 말했는데 별로 심각하게 받아들이지 않더군. 미국에서는 정신과 약이 아스피린이나 마찬가지라면서."

넉 달 전 그는 부친상을 당했다. 내가 조문 갔을 때 그는 매형과 아버지의 영정 사진 앞을 지키고 있었다. 그의 아내와 아이들은 부고 소식을 듣고서 뒤미처 항공편을 알아보는 중이라고 했다. 나는 그의 어머니가 친척들을 붙잡고, 자신의 남편이 눈을 감기 전 손자들을 얼마나 보고 싶어 했는지 눈물로 하소연하는 것을 보았다.

"자식들 인생을 자신의 인생으로 착각하고 사는 여자야. 아이들이 자신과 분리되는 것을 극도로 두려워한다고 주장하지만, 내가 볼 때는 그 반대인 것 같아. 분리를 두려워하는 쪽은 아이들이 아니라 그녀 자신이라는 걸, 당사자인 그녀 자신만 정작 모르는 것 같아…… 착각이 깨지는 날이 머지않아 오겠지."

7

광화문 일대는 대형 관광버스들과 전경 대기차들이 영역 다툼을 벌이듯 도로 곳곳을 점거하고 있어서 정체가 극심하다. 전경 대기차들은 아예 한 차선을 통째로 점거하고 있다. 광화문 광장 초입에서는 세월호 참사 진상 규명을 촉구하는 시위가 열리고 있다. 세종대왕 동상 앞에서는 외국 관광객들이 웃고 떠들고 사진을 찍느라 정신이 없다.

광화문을 겨우 통과한 버스는 사직터널을 지나 돈의문 쪽으로 방향을 튼다. L기념관은 신촌로터리 근처 골목에 자리하고 있다. 우리나라에서 열사 관련 몇 안 되는 민간 기념관이기도 한 L기념관은 L의 운동화를 비롯한 유품들을 보관, 전시하고 있다.

전시실은 3~4층이다. 3층에서 4층으로 이어지는 계단은 나선형이다. 3층 전시실로 들어서는 나를 대형 사진이 압도한다. 그것이 사진이 아니라 세밀화라는 것을 깨닫기까지 불과 3초밖에 걸리지 않는다.《뉴욕타임스》1면에 실렸던 (머리에 직격탄을 맞은 L이 피를 흘리면서 학우의 팔에 안겨 있는) 사진을 세밀화로 그린 것이었다. 세밀화 앞에는 등받이가 없는 장의자가 여섯 개 줄지어 놓여 있다.

나는 세밀화에서 눈길을 거두고 3층 전시실을 둘러본다. 벽에 전시된 L의 개인적인 사진들이, 달리는 열차 밖으로 허무하게 지나가는 풍경처럼 아련히 내 눈에 들어온다. 가을 어느 날 가족과 함께 무등산에 올라 찍은 사진, 고등학교 시절 교련복을 입고 친구들과 찍은 사진, 누이들과 남동생과 환하게 웃으면서 찍은 사진, 노란 국화가 만발한 화분 앞에서 어머니와 함께 찍은 사진…… 어머니 옆에서 조용히 웃고 있는 L은 부드러우면서도 강인한 인상에, 이목구비가 곧고 섬세하다.

한 생명이 태어났다. 고요한 새벽의 여명을 받고 한 생명이 태어났다. 그는 울기 시작했다. 난생 처음 보는 세상에 놀란 듯한 울음, 그 울음소리가 모든 이에게 울려왔다. 그들은 축복하는 자, 저주하는 자, 빈정거리는 자, 관심 없는 자들로 서로 엉켜 살고 있었다. 어린 한 생명은 또한 그들 속에서 삶을 영위할 것이다.

사진들 옆에 적어 놓은, 1982년 7월 20일에 L이 쓴 일기를 세 번이나 반복해서 읽고 나서야 진열장들을 살핀다.

모두 네 개인 유리 진열장에는 유품들이 전시되어 있다.

가장 앞쪽 유리 진열장에는 L이 대학 시절 들고 다녔던 갈색 가죽 가방이 전시되어 있었다. 그 옆 유리 진열장에는 고등학교 때 입었던 교련복, 영어 사전, 카세트테이프, 나무 도장 등이.

한 정신분석학자가 죽은 부모의 집에서 남겨진 물건들을 정리하는 과정을 기록한 책 『수런거리는 유산들』이 떠오른다. 부모의 유품이 되어 버린 물건들을 정리하는 행위는 일종의 애도 의식이었다.

……그런 일을 하는 데 부드러운 방법이 있을까? 나는 물건들을 지나쳐 가다가 하나를 집어 들고 그것을 쓰다듬으며 다시 내려놓았고, 두 번째 물건을 집으면서도 그 물건의 운명을 선뜻 확정하지 못했다. (……) 물건들은 단순히 물건으

로 그치지 않고 인간의 흔적을 간직하며, 우리를 연장시켜
준다.

L을 연장시켜 주는 물건이기도 하기에, L의 운동화를
복원해야 하는 걸까.
물건이라는 차원 위에 있는 물건이라서.

4층 전시실 진열장은 10자 장롱 크기다. 전면은 통유리
다. 전체 틀은 검은색이고 내부는 비둘기색이다. 천장에
설치한, 자두 크기의 스포트라이트 여섯 개가 유품들을
비추고 있다. L의 운동화는 최루탄 피격 당시 입었던 티
셔츠와 바지, 다른 유품들과 함께 전시되어 있다.
L의 운동화는 정중앙 바닥에 놓여 있다.
L의 운동화를 중심으로 왼편에는 A4 크기의 종이 두
장이 나란히, 오른편에는 L이 썼던 검정 뿔테 안경과 종
모양의 팬던트가 달린 열쇠 뭉치가 놓여 있다.
열쇠는 모두 2개다. 그중 하나로 문을 따고 들어서는 L의
모습을 그려 본다. L은 열쇠 뭉치를 바지 주머니에 넣고
다녔을까.
L의 운동화로 향하던 내 시선이 종이들로 향한다. 한
장은 L의 '압수·수색 검증영장'이고, 다른 한 장은 '사망

진단서'다.

압수·수색 검증영장을 살피는 내 시선을 잡아끄는 문구가 있다.

압수할 물건: 이한열의 사체 1구

문구가 지극히 사무적이어서 흥미롭기까지 하다. 생전 처음 보는 사망진단서가, L의 사망진단서가 되리라고는 생각을 못해서일까. 종잇장에 지나지 않는 그것이 소설이나 영화 속 가상의 서류처럼 낯설다.

발생년월일: 1987년 6월 9일
사망년월일: 1987년 7월 5일 오전 02시 05분

6월 9일부터 7월 5일까지 L의 운동화는 어디에 있었을까? 질문과 함께 내 시선이 자연스럽게 L의 운동화로 향한다.

채 관장이 제공한 사진들에서처럼, L의 운동화는 만신창이가 된 밑창을 위로 향하고 있다. 본체는 트럭 바퀴가 짓밟고 지나간 듯 눌려 있다. 굽 부분은 절단이 나 있다. 굽에서 떨어진 조각들은 운동화 옆에 모아져 있다.

L의 운동화는 '물질'을 받아들일 수 없을 만큼 심각하다. 사람으로 치면 몸속 장기들이 망가져 약물 처방조차 함부로 내릴 수 없는 상태다. 무턱대고 약물을 투입했다가 어떤 치명적인 결과를 초래할지 모른다.

집이 아무리 오래되고 낡았어도 사람이 살고 있으면 절대 무너지지 않는다는 말을 들은 적이 있다. 그곳에 살고 있는 사람의 온기가 뼈대처럼 집을 떠받치고 있어서.

사직터널 근처 빌라에 살 때, 금방이라도 폭삭 주저앉을 것 같은 집을 지키면서 사는 노파를 본 적이 있었다. 함석지붕이 호떡처럼 납작하게 주저앉은 집을 지탱하고 있는 것은 철근도, 콘크리트 벽도 아닌 노파의 숨결과 온기였다. 밤마다 노파가 밝히는 형광등 불빛, 티브이 소리, 밥이 뜸 들 때 밥솥에서 피어오르는 김, 냄비에서 바글바글 끓는 국 냄새, 자식들과 전화 통화하는 소리, 설거지하는 소리였다. 그것들이 철근 골조보다 강력한 뼈대가 되어 집 천장을, 금 가고 기울어진 벽들을, 들뜬 창문들을 떠받치고 있었다.

두 가지 충동이 내 내부에서 동시에 발생한다. 하나는 당장 L의 운동화를 진열장에서 꺼내 내 작업실로 가져가고 싶은 충동이고, 또 하나는 L의 운동화를 외면하고 전시실을 걸어 나가고 싶은 충동이다.

"기다리고 있었어요."

등 뒤에서 소리가 들려 나는 훌쩍 뒤를 돌아다본다. 채
관장이다.

"……아직 결정을 내리지 못했습니다."

나는 솔직히 털어놓는다. 내가 설사 납득할 만한 명분
하나 없이 거절한다 해도 그녀가 이해해 주리라는 막연한
생각이 든다.

"기다리는 거라면 누구보다 자신 있어요."

자족적으로 들려 나는 그녀를 물끄러미 바라본다.

"부모님이 옹기 장사를 다니셔서 어려서부터 기다리는
게 일이었거든요. 제가 초등학교에 다닐 때까지는 리어카
에, 중학교에 들어가서는 트럭에 옹기를 싣고 다니면서
파셨는데, 한 번 장사를 나가면 짧게는 이틀, 길게는 사나
흘, 아주 길게는 한 일주일 집에 돌아오지 않으셨어요. 전
국을 돌아다니시면서 옹기를 파셨거든요. 기다리다 보면
애가 타다가, 화가 나다가, 나중에는 순응하게 돼요."

"순응이요?"

"체념이라는 말을 개인적으로 싫어해서요. 그렇다고
순응이라는 말을 좋아하는 것도 아니지만요."

대여섯 명의 대학생들이 나선형 계단을 우르르 올라온다. 학생들은 발소리를 울리면서 전시실을 둘러본다. 저들이 태어났을 때 L이 세상에 없었다고 생각하니 기분이 이상하다. 긴 머리의 여학생이 통화하는 소리가 전시실에 울린다.

"이번 주에는 못 내려간다니까. 엄마도 참, 연애할 시간이나 있는 줄 알아? 엄마, 그건 그렇고 가방 말이야…… 홍콩에 여행 갔을 때 사 온 거. 이모들하고 여행 갔을 때…… 엄마는 마음에 안 드는데, 막내이모가 자꾸 사라고 해서 샀다고 한 거. 엄마가 안 메고 다닐 거면 택배로 보내 주었으면 해서……."

학생들은 전시실 안 L의 유품들을 순식간에 관람하고 우르르 나선형 계단을 내려간다.

학생들이 떠드는 소리가 잦아들기를 기다렸다가 채 관장이 묻는다.

"얼마나 버틸 수 있을까요?"

"얼마나요?"

지난번 질문을 받았을 때보다 더 막막해서 나는 되묻는다.

"제가 복원 전문가는 아니지만, 저 상태로 버티는 게 용하다는 생각이 듭니다. 안쓰럽기도 하고요."

"5년······."

"5년이요?"

"아마도 5년이요."

복원가로서 내 판단이 크게 어긋나지 않는다면 5년 뒤, L의 운동화를 복원할 수 있는 방법은 레플리카밖에 없을 것이다.

"피해자도, 증인도 없는 법정을 상상해 보았어요. 피해 인석과 증인석은 비어 있고, 사건과 사건 번호와 배심원들과 재판장과 피의자만 있는 법정을요. 그럴 때 L의 운동화가 피해자이자 증인이 되어 줄 거라고 저는 생각해요."

그녀의 목소리는 담담하다.

"피해자이자 증인이요?"

"네. L을 대신해서요."

"······."

"피해자가 이미 죽고 없으니, 피해자를 대신할 운동화를 어떻게든 살려야 하지 않을까요? 피해자이자 증인이니, 어떻게든 살아서 증언하도록요."

채 관장은 잠시 침묵하다가 전시실 3층에서 4층으로 이어지는 내부 계단이 어째서 나선형인지 설명한다. L과 쌍둥이처럼 이야기되는 P가 끌려가 고문으로 사망한 곳 계단을 비슷하게 재현해 놓은 것이라고. 손이 묶이고 두 눈이 가려진 채, 나선형으로 휘어진 계단을 오르내리다 보면 방향감각을 잃어 몇 층인지 가늠이 안 되었다고 한다.

"궁금한 게 있습니다. L의 운동화가 어째서 한 짝뿐인가요?"

"한 짝을 잃어버렸거든요."

"……."

"끝끝내 주인이 나타나지 않아서, 끝끝내 잃어버렸어요. 끝끝내 주인이 나타나지 않았지만 잃어버리지 않았을 수도 있었어요."

"이해가 잘 안 되는군요. 끝끝내 주인이 나타나지 않았다니요."

L이 머리에 최루탄을 맞은 날짜는 1987년 6월 9일이었다. 집회가 끝나고, 매캐한 최루탄 냄새를 머리카락 속까지 뒤집어쓴 학생들이 흩어질 때. 한 여학생이 주인 잃은 운동화 한 짝을, 집회 사회를 맡은 학생에게 가져다주었다. 운동화를 찾아가라는 방송을 했지만 끝끝내 주인이 나타나지 않았다. 날들이 흘러 아무도 찾아가지 않던 운동화 한 짝이 L의 것이라는 사실을 알았을 때, 그것은 이미 치워지고 없었다.

"쓰레기통 속으로 들어갔는지, 운동화 한 짝의 행방을 기억하고 있는 이가 단 한 명도 없었어요. 혹시 대학 시절

집회에 참가한 경험이 있으세요? 집회가 끝나면 으레 주인을 잃고 바닥에 나뒹구는 신발이 몇 짝씩 나왔어요. 집회가 격렬할수록 더 많이 나왔지요. 주인을 잃고 미아처럼 떠도는 신발 짝을 찾아 주는 의식은 말하자면 집회의 가장 마지막 순서였던 셈이에요. 제가 말씀드리고 싶은 것은 신발을 잃어버리는 일이 부지기수였다는 거예요. 대부분의 잃어버린 신발은 무사히 제 주인을 찾아갔고요."

발에서 운동화가 벗겨지는 경험은 내게도 있었다. 허물이 벗겨지듯 운동화가 저절로 벗겨졌다. 초등학교 5학년 가을 운동회 때였다. 태양이 유난히 노랗게 이글거렸고, 녹처럼 불그스름한 흙먼지가 날렸다. 흙먼지를 뒤집어쓴 아이들은 발굴 중인 고대 무덤에서 꺼낸 부장품들 같았다. 달리기를 꽤나 하던 나는 400미터 계주 선수로 뽑혀 출전하게 되었다. 나는 마지막 네 번째 주자였다. 내 왼발에서 운동화가 벗겨진 것은 세 번째 주자로부터 바통을 건네받고 앞으로 튕겨 나가려는 순간이었다. 내가 벗겨진 운동화를 신느라 허둥거리는 사이에, 다른 주자들이 나를 추월했다. 다섯 주자 중 네 번째로 결승선을 통과한 나는, 다혈질이던 담임선생으로부터 한 소리를 들었다. 운동화를 버리고 계속 달렸어야 했다고, 그랬다면 우승했을 것이라고.

"효순과 미선, 두 여중생 기억나세요?"

내 기억이 맞는다면 2002년이었다. 월드컵으로 온 나라가 들썩이던 해, 의정부에서 갓길을 걷던 두 여중생이 뒤에서 덮친 미군 장갑차에 깔려 숨을 거두는 사건이 있었나. 50톤 장갑차는 두 여중생들을 형체조차 알아볼 수 없는 지경으로 만들었다.

"시신 아래쪽에 운동화가 떨어져 있었다고 하더군요. 궤도에 깔린 자국이 선명한 한 짝은 5미터 아래에, 나머지 한 짝은 7미터 아래쪽 갓길 풀숲에요…… 미선이라는 여학생의 하얀 운동화가요."

몇 년 전 관람한 무용 공연이 떠오른다. 무대에는 조각칼로 다듬은 듯 육체를 정교하게 단련한 무용수들이 아니라, 고희를 앞둔 무용수가 등장했다. 희로애락에 풍화되고 질깃해진 무용수의 육체는, 관람석 구석진 자리에 앉아 있던 나를 오싹하게 할 정도로 강력한 귀기를 발산했다. 공연 제목은 「고도를 기다리며」로, 2막에서 무용수는 여성성을 상징하는 빨간 하이힐을 포함해 다양한 신발 여러 켤레를 들고 나타났다. 무용수는 혼자 역할 놀이를 하면서 외로움을 달래는 소녀처럼 신발들을 쓰다듬고, 신고, 걷고, 끌고 다녔다. 기존의 관계를 깨고 새로 관계 맺기를 하듯 짝을 바꾸었다. 새로 짝이 된 신발들의 끈을 깍지 끼우듯 묶었다. 무용수가 신발들을 힘차게 내던지는 장면으로 2막은 끝이 났다.

1987년 6월 9일, 집회가 열리던 그곳에는 천여 명의 학생이, 따라서 이천 개의 발들이 운집해 있었다. 집회가 끝난 뒤 이천 개의 발들은 분주히 흩어졌을 것이다. 그리고 L의 왼발에서 벗겨진 운동화는 소용돌이 속으로 휘말려 들어가듯 발들 속에 집어삼켜졌을 것이다.

자신의 왼발에서 운동화가 벗겨질 때, L은 그것을 알아차렸을까. 나처럼 허물이 벗겨지는 것 같은 기분이 들었을까. 벗겨진 운동화를 다시 신으려고 L은 허둥거렸을까.

단발이거나 긴 생머리이거나 어색하게 파마를 한 여학생이, L의 운동화를 주워 드는 모습을 상상해 본다. 날개를 다쳐 날지 못하는 새를 주워 드는 심정으로 L의 운동화를.

여학생의 손이 뻗어 와 혼비백산한 자신을 들어 올리는 순간, L의 운동화는 구원의 손길을 만난 듯 안도했으려나.

8

1센티를 복원하는 데 걸리는 시간은 평균 세 시간이다. 갓난아기의 얼굴에 난 흉터를 봉합하는 작업만큼이나 신중하고 까다로운 정교함을 요하기 때문이다.

그녀의 왼손에는 버드나무 이파리만 한 미색 한지 조각이 들려 있다. 오른손 엄지와 검지가 한지 조각을 맞물 듯 잡더니 쭉 찢는다. 새 부리가 집요하게 이파리를 쪼듯 찢고 또 찢는다.

10분 넘게 지켜보는 동안 그녀는 한 동작을 강박적으로 반복한다. 나를 의식 못할 만큼 몰두해 찢고 있는 것이 한지 조각이 아니라 살갗 같다. 그녀가 자신의 살갗을 그렇게 자학하듯 찢고 있는 것 같다.

한지 조각이 찢기고 찢겨 실핏줄처럼 가는 가닥들로 나뉠 때까지 한 동작을 강박적으로 반복하는 그녀의 두 손을 LED 조명 불빛이 비추고 있어서일까. 행위 예술을 보는 기분이다. 그녀의 두 손이 오브제 같다. 본래의 용도와 기능을 상실하는 대신 낯설고 기묘한 연상 작용을 일으키는 물체. 그녀의 두 손을 오브제로 치면 '해석된 오브제'일까?

나무뿌리가 '발견된 오브제'라면, 그것을 가공하거나 전혀 엉뚱한 곳에 가져다 놓아 다른 물체로 보이게 하는 것이 '해석된 오브제'다.

자디잘게 찢긴 가닥들이 경기를 일으키듯 파르르 떨린다. 한 가닥을 뽑아 바늘귀에 꿰면 꿰질 것 같다.

넉 달 전 개인이 소장하고 있던 한국화 한 점이 보존 연구소에 입고되었다. 한지에 그린 작자 미상의 수묵 묵죽도(墨竹圖)로, 회칼로 난도질을 한 듯 곳곳이 찢겨 있었다. 수십 년을 접어서 보관한 탓으로 둘둘 말아 보관했으면 얼마든지 방지할 수 있었던 손상이었다. 변색과 얼룩도 심하지만, 찢긴 부위들을 봉합하는 것이 우선이다. 인간의 얼굴로 가정할 경우, 기미 제거보다 찢긴 상처를 아물게 하는 치료가 먼저인 것처럼.

두 달째 묵죽도의 찢긴 부위를 봉합하는 작업에 매달

려 있는 그녀는 한국화 복원 전문가다. 그녀는 한지를 실 핏줄처럼 가늘게 찢어, 묵죽도의 찢겨 벌어진 틈을 0.01센 티씩 메워 나가고 있다.

한국화는 그 종류와 용도와 크기에 따라 배첩 방식(족 자, 액지, 병풍, 서첩 등)을 달리한다. 묵죽도의 배첩 방식은 족자로, 두루마리 화장지처럼 둘둘 말아서 보관해야 하는 데 손수건처럼 접어 보관을 했다.

소장자의 부주의로 고가의 미술품이 안타깝게 파손되 는 경우는 흔하다. 비단에 붙여 보관해야 하는 한국화를 서양화처럼 합판에 붙여 보관하는 경우도. 한지가 종이나 비단 위에서는 제대로 숨을 쉬지만, 합판 위에서는 숨을 쉬지 못한다는 걸 모르고서. 더구나 한지를 비롯한 종이 와 비단은 빛에 취약하다. 선인들이 족자를 1년 내내 걸 지 않고 기간을 정해 계절에 따라, 찾아오는 손님의 취향 에 따라 바꾸어 걸었던 데는 그만한 이유가 있는 것이다.

작자 미상이지만 고미술품으로 가치가 있는 묵죽도 복 원 작업을 그녀에게 맡기자는 제안을 한 사람은 강 선배 다. 보존연구실에는 마침 동양화 전문 복원가가 없었다.

15년 전, K미술관에서 2년 남짓 함께 근무했지만 그녀 와 나는 친분이 거의 없었다. 그도 그럴 것이 그녀는 한국 화 전문으로 동양화 수복실에서 근무했다. 서양미술 전문인 내가 근무하는 조형물 수복실은 자동차 정비소처럼 소음으로 들끓었지만, 동양화 수복실은 휴관 중인 도서관처럼 기묘한 정적이 흘렀다. 어쩌다 동양화 수복실 앞을 지나갈 때면 자신도 모르게 발소리를 내지 않으려 조심할 정도로. 동양화 수복실 벽에 걸린 영정(影幀)이나 지장보살도 같은 작품들 특유의 귀기, 묵은 종이와 먹물과 안료가 혼합되어 풍기는 냄새는 이상하게 나를 긴장시켰다. 그 시절 복원가들은 간혹 고도의 집중을 요구하는 복원 작업이 주는 스트레스를 풀기 위해 볼링이나 탁구를 치러 가거나 노래방으로 몰려가고는 했는데, 그녀는 한 번도 함께하지 않았다. 그래서일까. 강 선배가 그녀의 이름을 거론했을 때, 나는 전혀 기억을 못 했다. 그녀라는 존재는 내 기억 속에서 완벽하게 상실되고 없었다. 내 기억 속에 흐릿한 실루엣으로조차 남아 있지 않았던 터라, 그녀와 재회했을 때 나는 복원된 그림을 대하는 듯 당혹스러웠다. 그녀라는 존재를 까맣게 잊고 있었다는 사실이 믿기지 않을 정도로 그 시절의 그녀가 선명히 떠올라서.

K미술관은 내 첫 직장으로, 복원 일을 처음 시작한 곳이기도 했다. 나는 그곳에서 2년을 근무하다가, 복원 일을 더 체계적으로 배우기 위해 일본으로 건너갔고 4년 만에 한국으로 돌아왔다. 그리고 얼마 뒤 1년 6개월 동안 프랑

스로 기술 연수를 다녀왔다. 프랑스에서 내가 배운 것은 '최소한의 복원'이었다. 역사성이 중요한 문화재의 경우는 특히나.

인사동 표구사에서 표구 일을 하며 복원 기술의 기초를 익히고, 일본에 단기 연수를 다녀왔다던가. K미술관에서 함께 근무하던 2년 동안 그녀는 결혼을 하고, 출산을 했다. 나는 부조만 하고 결혼식에는 가지 않았다. 신혼여행에서 돌아온 그녀는 직원들에게 경주 특산품인 황남빵을 답례품으로 돌렸다. 외국으로 신혼여행을 떠나는 것이 유행이던 시절에 그녀는 고리타분하게 경주로 신혼여행을 다녀온 것이었다. 그 시절의 그녀를 떠올리면 목덜미를 덮는 길이의 단발머리, 회색 벽돌 같던 가방, 잿빛 카디건과 청바지가 떠오른다. 그녀는 한여름에도 청바지 차림에 앞이 막힌 검정 단화를 신고 있었다. 여름 한낮 그늘 한 점 없는 뙤약볕 속을 양산도 없이 자박자박 걸어가던 그녀의 모습이 떠오른다. K미술관 근처 지하철역에서 만삭의 몸으로 선로를 응시하던 모습도. 그녀는 청바지 대신 하늘색 원피스를 입고 있었다. 여름 피서철이라 지하철은 한산했다. 터널에서 불어오는 습진 바람과 퀴퀴한 냄새 때문이었을까. 그녀와 내가 선로를 사이에 두고 서 있는 곳이 지하철역 안이 아니라, 발굴되지 않은 미지의 무덤 속 같은 착각이 들었던 것은.

말 한 마디 주고받은 기억이 없지만, 그녀가 여자로서 인생의 중요한 시기를 통과하는 과정을 지척에서 지켜보았다는 생각이 뒤미처 들자 기분이 이상하다.

그녀는 어느 날 홀연히 수복실을 떠났다. 그녀의 손에 문제가 발생했다는 것을, 나는 분석실 직원들이 자기들끼리 수군거리는 소리를 듣고서 알았다. 그들 말에 따르면, 그녀는 출산 보름 만에 수복실에 복귀했다. 그녀는 출산 과정에서 들뜬 뼈들이 제자리를 잡기 전에 혹독하게 손을 놀렸고, 그 결과 류마티스관절염을 초래했다. 그즈음 나는 경주를 오가면서 복원 작업을 하고 있었다. 내가 그녀의 신혼여행지이기도 했던 경주를 오가던 그 어느 날, 그녀는 동양화 수복실에서 소리 없이 사라졌다. 그 후로 한동안 어쩌다 우연한 기회에 그녀의 근황을 소문으로 전해 듣고는 했는데 나는 그때마다 안면조차 모르는 사람의 소식인 듯 무심히 흘려 버렸다. 내가 기억하고 있는 소문들 중에는 호주로 이민을 갔다는 소문도, 집안일조차 못할 정도로 류마티스관절염이 악화되었다는 소문도, 이혼을 했다는 소문도 있었다.

중요한 한 시기를 지켜보았지만 나는 그녀에 대해 제대로 아는 것이 없었다. 그녀가 지방에서 대학교를 졸업

했다는 것을, 회계학을 전공하고 세무 공무원으로 1년 동안 일했다는 것을, 복원가라는 직업이 생소하던 시절에 복원가가 되겠다는 일념으로 안정적인 직장을 그만두고 무작정 서울로 올라왔다는 것을 나는 불과 서너 달 전 강 선배로부터 들어서 알았다. 아침부터 밤늦게까지 표구사에서 복원 일을 배우고 새벽에는 생활비를 벌기 위해 김밥 납품 업체에서 아르바이트를 했다는 걸.

류마티스관절염 때문에 수복실을 떠난 사실을 알고 있었기에, 나는 강 선배에게 그녀의 손에 대해 묻지 않을 수 없었다. 복원은 정교하고 세밀한 작업이었다. 일본에서 유학할 때 지도 교수의 부인이 류마티스관절염 때문에 고생하는 것을 가까이에서 지켜볼 기회가 있었던 덕분에, 나는 그것이 얼마나 고질적인 병인지 알았다. 피아노를 전공한 그녀는 류마티스관절염 치료제로 쓰이는 약을 장기간 복용했고, 그로 인한 합병증으로 폐가 석회화되고 있어서 산소통을 외부 장기(臟器)처럼 달고 살았다.

희끗희끗 올라온 머리카락과 눈가의 잔주름, 거무스름하게 꺼진 눈두덩에도 불구하고 그녀는 15년 전과 달라진 것이 없다. 여전히 카디건과 청바지 차림에, 앞이 막힌 검정 단화를 신고 다닌다. 그녀는 발설해서는 안 되는 비밀을 간직한 사람처럼 자신에 대해 어떠한 이야기도 하지 않는다. 보존연구소에서 그녀가 대화를 하는 유일한 상대는 강 선배다. 15년 전과 마찬가지로 나는 그녀와 개인적으로 말을 주고받거나 하지는 않지만, 그때와 다르게 그녀의 존재가 의식될 때가 있다. 내 작업실이 복도 가장 안쪽에 자리하고 있어서, 적어도 하루에 대여섯 번은 동양화 복원실 앞을 지나가게 되는데 그 앞을 지나갈 때마다 나는 반사적으로 고개를 들고 유리 너머로 눈길을 준다. 복원 일을 적성에 맞아 하는 이들은 대개 내성적이고 정적인 성향이 강한 편이다. 나 역시 그러한 성향이 강해서, 복원 일의 가장 큰 장점이 무엇인지 질문을 받으면, 농담 반 진담 반으로 사람을 상대하지 않아도 된다는 점을 꼽는다. 그녀는 그러한 복원가들의 성향이 병적으로 느껴질 정도로 강한 편이다.

밤 11시, 그녀는 여전히 작업대를 떠나지 않고 있다. 분석실과 회화 복원실 불은 꺼져 있다. 아무것도 들리지 않는 그녀의 손을 조명 불빛이 집요하게 비추고 있다. 휴지(休止) 상태인 그녀의 두 손은 작업에 몰두할 때보다 더 오브제 같다. '상징 기능의 오브제.'

상징 기능의 오브제는 살바도르 달리가 발명한 것으로, 현실이 아니라 꿈에 등장하거나 정신 착란의 산물과도 같은 사물처럼 인간의 무의식에 호소하는 오브제다. 도무지 있을 수 없는 자리에 버젓이 놓여 있는 사물처럼.

융의 저서 『무의식에 대한 접근』에서 읽었던 내용이 떠오른다. 남아메리카 인디언 부족은 날개도, 부리도 없으면서 자신들이 붉은 아라라 앵무새라고 주장한다고 했다. 황당한 주장을 두고 융은, 미개인 세계에서는 '합리적'인 세계와 다르게 사물과 사물 사이에 분명한 한계가 없기 때문이라고 해석했다. 그녀는 혹 그 인디언 부족들처럼 자신의 두 손을 손이 아닌 다른 사물로 착각하고 있는 게 아닐까.

그녀의 고개가 들리더니 나를 향한다.

"지하철 끊기겠어요."

그녀가 지하철로 출퇴근한다는 걸 알고 있는 나는 그렇게 말한다.

그녀가 가방을 챙겨 작업실에서 나올 때까지 나는 출입문 앞에서 기다린다.

일본식 꼬치구이 선술집 앞을 지나갈 때, 그녀가 가물가물한 대사를 외우듯 내게 묻는다.

"운동화요……. 어느 쪽인가요?"

"……?"

"L의 운동화요……."

그녀가 L의 운동화에 관심이 있으리라고는 전혀 생각

을 못 했기 때문일까. 순간 나는 어느 쪽 운동화였는지 혼란스럽다.

"……오른짝 운동화입니다."

내 대답을 들었는지, 듣지 못했는지 묵묵히 걷기만 하던 그녀가 횡단보도 앞에서 멈추어 선다. 도로가 텅 비었는데도 그녀는 횡단보도를 건너지 않고 서 있다. 신호등이 없는 횡단보도라는 걸 모르고 파란불이 켜지기를 기다리듯.

"아들이 세 살 되던 해 자폐성 발달장애 2급 판정을 받았어요."

그 판정이 내려지기까지 2분으로 충분했다고 그녀는 덧붙여 말한다.

"소아정신과 의사가 단 2분 만에 판단한 자폐 기질을, 나는 아들이 세 살이나 먹도록 의심조차 못했어요."

그 누구와도 눈을 마주치려 하지 않을 뿐 아니라 여러 사람이 모인 장소를 극도로 꺼리는 아들의 행동을 이상하게 생각하지 못했다고 그녀는 자조적으로 중얼거린다. 내성적인 편인 그녀 자신의 기질을 닮아서 그런 것으로 이해했다고.

"아들이 다니던, 발달장애 아동을 치료하는 센터가 경복궁역 근처에 있었어요. 발달장애 2급 판정을 받고, 일주일에 두 번 그곳에서 치료를 받았어요. 치료를 받은 지 만 3년이 지났을 때였어요. 버스를 탈 엄두가 나지 않는 데다, 택시가 그날따라 잡히지 않아 걸어서 집까지 간 적이 있어요."

홍은동 쪽에 살 때로, 두 시간을 꼬박 걸어 집에 도착하고 나서야 운동화의 왼짝과 오른짝이 바뀌었다는 것을 알았다고 그녀는 말한다.

"왼발에 오른짝 운동화가, 오른발에 왼짝 운동화가 신겨 있었어요. 운동화 짝이 바뀌어 발 방향이 틀어진 아들을 억지로 잡아끌면서 집까지 걸어간 거예요. 그늘 한 점 없는 길 한가운데 버티고 서서 꼼짝도 하지 않으려는 아들의 손목을 잡아끌면서……."

그 후로 아들의 발에 운동화를 신기고 벗기는 것이 가장 힘들었다고 그녀는 고백한다. 반복되는 훈련을 통해 다섯 번에 한 번은 스스로 운동화를 신고 벗을 수 있게 된 아들이, 종종 운동화 짝을 바꾸어 신고는 한다고.

"나 자신을 용서할 수 없어요. 시퍼렇게 멍이 들도록 아들의 손목을 억지로 잡아끌면서 집까지 걸어간 걸 생각하면……. 세검정 못미처, 아들의 오른발에 신긴 운동화 끈이 풀어져서 새로 묶어 주면서도 운동화 짝이 바뀐 것을 몰랐어요. 그런 줄도 모르고 운동화 끈이 또 풀릴까 봐

세게 당겨 묶으면서도요."

그제야 나는 그녀가 그 누구에게도 발설하지 않았을 것 같은 이야기를 내게 들려주는 이유를 알 것 같다. 또한 L의 운동화가 어느 짝인지 알고 싶어 한 이유를. 그녀는 내게 아들의 운동화 이야기를 하고 싶었던 것이 아닐까.

"영화 「안티 크라이스트」에 비슷한 장면이 나옵니다. 주인공 여자가 에덴동산을 상징하는 숲 속 오두막집에서 아들의 발에 운동화를 신기는 장면이요. 왼발에 오른짝 운동화를, 오른발에 왼짝 운동화를요. 걸음마를 익히기 시작한 어린 아들의 발에 말입니다."

"그 영화, 나도 봤어요. 광화문에 있는 극장에서요."

나는 어쩐지 그녀가 나처럼 혼자 그 영화를 보았을 것 같다. 스크린 속 여자가 아들의 발에 운동화를 신기는 장면을 보면서 그녀는 어떤 감정에 휩싸였을까.

아직 더 할 말이 남은 듯 그녀는 횡단보도를 건너지 않고 버티고 서 있다. 빈 택시가 한 대 경적을 울리면서 그녀와 내 앞을 천천히 지나간다. 경적 소리가 들리지 않는지 그녀는 눈꺼풀조차 깜박이지 않는다.

"그 영화에서처럼 아들의 발에 운동화를 신기는 꿈을 꾸고는 해요. 아들의 왼발에 신기고 있는 운동화가 오른짝이라는 것을 알면서 신기는 꿈을 말이에요."

그녀는 하나인 자신이 꿈속에서는 두 개로 쪼개져 존재한다고 했다. 아들의 왼발에 오른짝 운동화를 신기고 있는 자신과 그런 자신을 무기력하게 지켜보는 자신, 그렇게 두 개로 쪼개져서. 마치 색깔이 다른 원피스를 입고 나란히 서 있는 쌍둥이 자매처럼. 운동화 짝이 바뀌었다는 걸, 아들의 왼발에 신기고 있는 운동화가 오른짝이라는 걸 어떻게든 알려 주고 싶지만 알려 줄 방법이 없다고 했다.

"어제도 그 꿈을 꾸었어요. 휴관인 성북미술관 앞마당에서 아들의 발에 운동화를 신기고 있었어요. 사람들이 수군거리는 소리가 들려와서 허둥거리면서……."

소리만 들려올 뿐 사람들 모습은 보이지 않았다고 그녀는 말한다. 아들의 발에 다른 짝 운동화를 신기는 상황은 변함이 없지만, 운동화를 신기는 장소는 매번 바뀐다고. 집 현관일 때도, 엘리베이터 안일 때도, 대형 마트 지하 주차장일 때도, 구미 시댁일 때도, 서울역 광장일 때도, 남산도서관 매점일 때도 있다고.

"그날…… 아들을 끌고 홍은동 집까지 걸어온 날, 운동화를 버렸어요. 서너 번밖에 신지 않은 새 운동화를, 새벽 4시에 들고 나가 골목 어귀에 있는 헌 옷 수거함에 버리고 왔어요. 그렇게라도 해야 잠을 잘 수 있을 것 같았어요. 그런데 그날 새벽 내가 헌 옷 수거함에 버린 게 운동화가 아니라 아들의 발인 것 같은 생각이 들 때가 있어요. 그러니까 그날 내가 버린 게⋯⋯."

술에 취한 사내들이 시끄럽게 떠들면서 횡단보도를 건넌다. 신호등이 없는 횡단보도라는 것을 그제야 안 듯 그녀가 횡단보도로 발을 내딛는다. 전속력으로 달려오던 배달 오토바이가 그녀를 피하기 위해 나선을 그리면서 지나간다.

그사이에 지하철이 끊겨 그녀는 택시를 타고 귀가한다. 그녀를 태운 택시가 짐승의 동공 같은 어둠 속으로 사라지고 나서야 나는 그녀가 정작 자신의 손에 대해서는 아무 말도 하지 않았다는 것을 깨닫는다. 뜻밖에 그녀의 고백을 들어서일까. 그녀의 두 손이 얼마나 집요하게 작업에 매달리는지 똑똑히 지켜봤으면서 나는 그녀의 손이 아직 완전하게 회복되지 않은 게 아닐까 의심된다. 아직 회복 중인 손을 혹사시키고 있는 게 아닐까.

3주 전부터 잡혀 있던 회식 메뉴는 아귀찜이다. 숭례문 이야기부터 가파르게 오르는 전세금 이야기까지, 온갖 이야기들이 두서없이 오간다.

"엄밀히 따지고 들면 정부가 가장 큰 문제야. 수십 년을 두고 진행해야 할 복원을 5년 임기 안에 끝내려고 불도저 식으로 밀어붙이니 문제가 발생할 수밖에."

문이 분노한다. 정부에서 대통령 임기 내 공약 사업처럼 지나치게 개입을 하거나, 반대로 속수무책으로 방치해 예산만 낭비한 꼴인 문화재 복원 사업은 한두 가지가 아니다.

스마트폰을 만지작거리던 한 과장이 그녀에게 물병을 달라고 부탁한다. 사람들과 섞이지 못하고 자신 앞에 놓인 빈 접시만 물끄러미 응시하던 그녀가 고개를 들어 한 과장을 바라본다. 소주 광고가 인쇄된 플라스틱 물병에는 물이 절반도 더 채워져 있다. 그녀가 탁자 밑에 늘어뜨리고 있던 손을 마지 못한 듯 천천히 들어 올린다. 손가락들을 벌려, 물방울이 동글동글 맺혀 있는 물병을 잡는다. 카운트다운을 세듯 뜸을 들이다가 물병을 집어 든다. 한 과장이 손을 뻗어 잡으려는 순간 그녀의 손에서 물병이 미끄러져 떨어진다. 화기애애하던 분위기가 일순간 그녀로 인해 싸늘해진다. 자신이 저지른 실수를 한 과장이 수습하는 동안 손 놓고 구경만 하던 그녀는 먼저 자리를 뜬다.

"다 나은 거 아니었어요?"

한 과장이 강 선배를 추궁하는 눈빛으로 바라본다.

"그러게……."

강 선배는 말을 아낀다.

"젓가락도 못 들던데요."

한 과장은 걱정스러운 속내를 감추지 않는다. 그녀는 보존연구소의 전반적인 운영과 홈페이지 관리 같은 홍보 업무를 맡고 있다. 복원가들의 스케줄 관리도 그녀가 맡고 있는 주요 업무 중 하나다. 솔직하고 합리적이어서 거부감이 들 때도 있지만, 보존연구소에서 없어서는 안 될 존재다.

한 과장은 그녀에게 「묵죽도」의 복원 작업을 맡기는 것에 반대했다. 15년 전 같은 시기에 K미술관에서 객원 큐레이터로 일했던 한 과장은 그녀가 왜 동양화 수복실을 떠났는지 누구보다 잘 알고 있었다.

"류마티스관절염이 그렇게 쉽게 낫는 병이 아닐걸요. 그게 얼마나 고질적인 병인데. 큰시누이가 류마티스관절염 때문에 고생을 해서 잘 아는데, 소변도 못 보던데요."

"소변을요? 왜요?"

조교 최가 고개를 갸웃거린다.

"왜긴, 속옷을 올리고 내리는 것조차 못할 정도로 손가락 통증이 심해서지."

9

그녀는 변함없이 작업대를 지키고 앉아 있다. 그러나 조명 불빛 속 그녀의 손에는 한지 조각도, 핀셋도 들려 있지 않다. 아무것도 들려 있지 않은 자신의 손을 그녀는 그저 묵묵히 응시하고 있다.

전날 나는 한 과장으로부터 그녀가 작업을 거의 못하고 있는 것 같다는 우려의 소리를 들었다. 회식 때 물병을 떨어뜨리는 일이 있은 뒤로 그녀를 관심 있게 지켜본 한 과장은, 문과 내게 「묵죽도」를 책임지고 복원할 다른 복원가를 알아보는 것이 어떻겠느냐는 상의를 해 왔다. 「묵죽도」 소장자가 마침 8박 9일 일정으로 한국에 나오는데, 어느 정도 복원되었는지 보고 싶어 한다는 말과 함께.

「묵죽도」 소장자는 일흔아홉 살의 성공한 재미 사업가로, 달랑 300달러를 들고서 혈혈단신 미국으로 건너가 3대까지 자손을 퍼트렸다. 첫 미팅 때 그는 땅 한 뙈기도 자신의 소유가 아니라는 것을, 300만 평에 달하는 대지를 사들이고 나서야 깨달았다며 씁쓸하게 웃었다. 조상들로부터 물려받은 유일무이한 유산이라는 「묵죽도」를 앞에 두고서. 그는 작자 미상의, 고서화로서 어느 정도 가치가 있는지 검증되지 않은 「묵죽도」를 어떻게든 복원해 자손들에게 가보로 물려주고 싶어 했다.

그녀의 고개가 들리더니 내 쪽을 향한다. 당황한 나는 무덤덤한 어조로 말하려 애쓰며 그녀에게 묻는다.

"작업하는 데 어려운 점은 없나요?"

"운동화를 보러 다녀왔어요."

"……?"

"……L의 운동화요."

L기념관을 전부터 알고 있었다고 그녀는 말한다. 수년 전 신문에서 L의 운동화에 대한 기사를 읽고 충동적으로 보러 갔었는데 전시 기간이 아니라서 볼 수 없었다. 그런데 며칠 전 신촌 쪽에 다녀올 일이 있어 혹시나 싶어서 들렀는데, 마침 L의 운동화를 전시하고 있었다.

또 L의 운동화 이야기다. 그런데 나는 그녀가 아들의

운동화 이야기를 하고 있는 것 같다. 아무래도 그녀의 의식 속에서 두 운동화가 서로 연상 작용을 일으키는 것이 분명하다. L의 운동화는 아들의 운동화를, 아들의 운동화는 L의 운동화를 떠오르게 하는 것이. 나는 그녀가 두 운동화를 구분 못하는 지점까지 나아갈까 봐 염려된다. 서로 다른 두 운동화를 하나의 운동화로 착각하는 지점까지.

"브랑쿠시요……."

그녀가 탄식하듯 중얼거린다.

"조각가 말입니까? 콘스탄틴 브랑쿠시요?"

그녀가 고개를 끄덕인다.

그의 기량에 탄복한 로댕이 조수 자리를 제안했지만 거절했다는 일화로 유명한 루마니아 출신 조각가 브랑쿠시. 그는 몬드리안과 마찬가지로 모든 생명은 그 본질로 축소될 수 있다고 생각했다. 축소를 통해 진정한 진실에 도달할 수 있다고. 티베트 최고의 성자로 불리는 밀라레파와 노자 사상에 매료된 그는 절제와 생략을 통해 추상 조각의 세계를 열었다. 인체 일부 중에서도 특히 머리를 단순화한 그의 미학은 '사물-조각'이라는 새로운 공식을 낳았다.

"브랑쿠시의 「잠이 든 뮤즈」가 그 안에 있는 것 같았어요……. L의 운동화 속에요."

'L의 운동화'와 '잠이 든 뮤즈'의 결합을 어떻게 이해해야 할지 몰라 나는 혼란스럽다.

"L의 운동화를 만지고 싶었지만 유리 진열장 안에 들어 있어서 만질 수 없었어요. 유리가 가로막고 있지 않았으면 충동을 이기지 못하고 만졌을 거예요, 내 손이 L의 운동화를 복원 불가능할 정도로 심각하게 망가뜨렸을지도 몰라요."

「잠이 든 뮤즈」가 그 안에서 잠들어 있는 것 같다는 이야기를 들은 뒤로, L의 운동화는 내게 더욱 추상적으로 다가온다. 운동화라는 일상적이고 구체적인 사물의 차원을 넘어선 난해하고 모호한 그 어떤 것으로.

L의 운동화는 단순히 운동화가 아니었다.

그것은 그냥 운동화가 아니라, L의 운동화였다.

엄밀히 말해서 나는 L의 운동화를 제대로 보았다고 말할 수 없다. 내가 본 것은 L의 운동화 전체가 아니라 일부분이다. 굽이 절단 난 밑창, 굽에서 떨어진 조각들, 부스러기들이 내가 본 전부다.

L의 운동화는 눌리고 찌그러져 있었다. 그렇잖아도 L의

운동화는 28여 년 전 공장에서 제조, 출시되었을 당시의 고정된 형태에서 수차례 변형이 일어났을 것이다. L의 발이 쑥 들어올 때 운동화에는 첫 번째 변형이 일어났으리라. L이 운동화를 신고 걸어 다니는 동안, 뛰어다니는 동안, 계단을 성큼성큼 오르내리는 동안, 서성이는 동안, 우두커니 서 있는 동안, 머뭇머뭇 뒷걸음치는 동안 변형이 일어났으리라. 밑창이 닳고, 앞볼 부분이 늘어나고, 뒤축이 접히고 꺾이고, 주름이 지고, 먼지가 묻고, 때가 끼고, 색깔이 바래고……. L에게 척추 측만증이 있었다면 어깨가 평형을 잃고 한쪽으로 기울었을 것이고, 기운 쪽 발 운동화 밑창이 그렇지 않은 쪽 운동화 밑창보다 빠르게 닳았을 것이다.

L은 걸을 때 왼발에 더 힘을 주었을까, 오른발에 더 힘을 주었을까? 쫓기듯 재게 걸었을까? 보폭을 크게 해 성큼성큼 걸었을까? 걸을 때 발가락에 더 힘이 실렸을까, 뒤꿈치에 더 힘이 실렸을까?

어릴 때 어머니는 연년생인 형과 내게 유니폼처럼 똑같은 옷을 사 주고는 했다. 한날한시에 똑같은 옷을 사 주는데도 형의 옷이 번번이 먼저 해지는 것을 나는 의아해했고, 습관뿐 아니라 성격과 기질이 그 사람의 옷과 신발과 가방 같은 물건에 고스란히 기록된다는 것을 어렴풋이

나마 깨달았다. 개인이 소유하고 있는 물건들은 그 개인의 기록물이기도 하다는 걸.

10

 강의가 있는 날이다. 지하철역에서 빠져나와 강의실이 있는 건물로 걸어가던 나는, 운동화 전문 매장을 그냥 지나치지 못한다. 심장 박동을 방해할 만큼 박자가 빠른 음악이 울리는 매장 안으로 들어가 운동화들을 구경한다.

 10대처럼 앳되어 보이는 점원이 내게 다가오더니 특별히 찾는 운동화가 있는지 묻는다. 나는 완강히 고개를 가로젓는다.

 유품이 된 운동화는 L에게 몇 번째 신발이었을까?

 그 당시 L의 것과 똑같은 운동화가 몇 켤레나 공장에서 만들어지고, 팔려 나갔을까?

그 당시 얼마나 많은 이들이 L의 운동화와 똑같은 운동화를 신고 다녔을까?

나는 애타게 L을 기다렸을 왼짝 운동화를 생각한다. 어떤 여학생이 주운 왼짝 운동화를, 주인이 끝끝내 찾아가지 않았다는, 끝끝내 찾아가지 않아서 쓰레기통 속으로 들어갔을 운동화를.

예술품으로 치자면, L의 운동화는 레디메이드(Ready made)다. 레디메이드는 뒤샹이 전시를 위해 '선택'한 기성품에 붙인 용어로, 기성품이 예술품으로서 의미를 지니는 것을 뜻한다. 뒤샹은 대량 생산된 기성품에 어떤 변형도 가하지 않고 단순히 제목을 붙이고, 사인을 넣어 예술품으로 승화시켰다. 그럼으로써 미(美)가 창조가 아니라 발견되는 것이라는 새로운 관점을 제시했다.

L의 운동화는 대량 생산된 기성품이었지만 특별히 '선택'되었다. 뒤샹 같은 특정한 예술가에 의해서가 아니라 '역사'에 의해서, '시민'에 의해서.

가톨릭 신자의 집 거실 장식대 위 성모 마리아상은 동정녀의 몸으로 예수를 잉태하고 낳은 절대적인 권위의 대상, 내 기도를 예수에게 대신 빌어 주는 대상으로서 가치를 지닌다. 그러나 무신론자의 집 거실에서는 쓸데없이 공간만 차지하는 무용지물의 물건에 지나지 않는다. 무신론자는 도구로서도, 재물로서도 자신에게 아무 가치가 없는 성모 마리아상을 거실에서 당장 치워 버리려고 할 것이다. 어떤 가치를 지니는가…… 그것이 중요한 이유는 가치를 어디에 두느냐에 따라 복원 작업도 달라지기 때문이다.

가치를 따지자면, L의 운동화가 지니는 가치는 역사적 가치에 해당할 것이다. L의 운동화를 비롯해 유품들은 L의 상징물이다. 단순히 L이 아니라, 민주화를 위한 시위 현장에서 전경이 쏜 최루탄을 머리에 맞고 사망한 L, 6월항쟁의 도화선이 된 L.

11

"나는 저 여인을 증오하네."

18세기 후반에서 19세기 초반에 그려진 것으로 추정되는 「미인도」 속 호리호리하고 단아하면서도 색(色)이 느껴지는 여인은 구렁이가 한 마리 똬리를 틀고 앉아 있는 것 같은 큰머리를 매만지고 있다.

"저 여인을 복원하느라, 내 인생에서 가장 소중한 여인을 방치했네……. 쓸쓸하고 고통스럽게 병들어 가는 것을 모르는 척했지. 저 여인이 마침내 복원되었을 때, 아내는 회복 불가능한 지경으로 병들어 있었네."

그러면서도 여인에게서 시선을 거두지 못하는 우 선배의 대학 때 전공은 화학이다. 그의 완벽한 복원 작업으로 여인은 20년 만에 일반인에게 공개될 수 있었다. 그가 여인의 복원 작업에 매달린 기간은 3년이었다. 복원 기간은 3년이지만, 일본에서 동양화 복원 기술을 익히고 복원가로서 경력을 다진 17년이라는 시간이 없었으면 완벽한 복원은 불가능했을 것이다. 손으로 만져 보기만 해도 어느 공방 한지인지 알아맞힐 정도로 타고난 손의 감각도 물론 한몫 했겠지만.

「미인도」는 그가 한국화 전문 복원가로서 입지를 굳히는 데 큰 역할을 한 작품이기도 하다.

우 선배와의 인연은 문이나 강 선배와의 인연보다 오래되었다. 그는 내게 복원가가 되는 길을 구체적으로 제시한 선배이자, 복원가의 자세와 자의식에 대해 끊임없이 생각하고 자문하게 하는 선배이기도 하다.

대학교를 졸업하던 해 우 선배는 결혼을 했고, 우리나라 남동쪽에 자리한 철강 회사의 연구원으로 취직이 되어 내려갔다. 그가 회사에서 무상으로 제공하는 직원 아파트와 자가용과 안정되고 풍요로운 월급을 스스로 포기했을 때 그의 두 아들은 초등학생이었다. 화학 약품들 냄새를 견딜 수가 없었다고 그는 언젠가 내게 말했다. 연구실로 들어설 때마다 질식할 것 같은 공포감에 사로잡혔다고. 그즈음 복원가라는 직업에 흥미를 느낀 그는 아내에게 아이들을 맡기고 복원 기술을 배우기 위해 무작정 일본으로 떠났다. 아이러니하게도 그가 그렇게나 싫어하던 화학은 그가 복원가가 되는 데 도움을 주었다. 복원 기술은 물질과 약품을 다루는 기술이기도 해서, 아무리 미술 실기 전공자여도 기본적인 화학 지식이 있어야 했다. 그가 복원 기술을 익혀 일본에서 돌아왔을 때 두 아들은 훌쩍 자라 중학생이 되어 있었다. 가장인 그가 부재하는 동안 입시 학원 강사로 일하며 혼자 두 아들을 키워야 했던 아내는 자신의 몸을 제대로 돌보지 못해 신장이 망가져 있었다.

우 선배에게 왔을 때 「미인도」 속 여인의 얼굴에는 황색 반점이 기미처럼 번져 있었다. 그가 습식 클리닝과 배접 기술로 여인의 얼굴을 깨끗하게 복원해 나가는 동안, 그의 아내는 일주일에 두 차례 투석을 받아야 할 만큼 신장이 악화되었다.

그가 증오한다는 여인의 얼굴을 복원하는 모습을 나는 지켜본 적이 있었다. 그가 복원실에서 상주하다시피 지내며 복원에 매달릴 때였다. 그는 여인의 얼굴에 번진 황색 반점들을 제거하는 작업을 진행하고 있었다. 그는 먼저 작품 뒤에 붙은 배접지를 능숙하게 분리한 뒤 새 배접지를 대고 물을 분사했다. 정성스럽게 붓질을 하다가 배접지를 조심스럽게 떼어 내자 놀랍게도 황색 반점들이 사라지고 없었다.

우 선배의 아내는 강원도 태백에 자리한 기도원에 가 있다. 보름에 한 번 아내를 보러 태백에 다녀오는 것 말고 자신이 아내를 위해 할 수 있는 게 아무것도 없다고 했던가.

"기도원으로 떠나기 전날 아내가 내게 3층 여자 이야기를 꺼내더군. 1년 전 3층에 어떤 여자가 이사를 왔는데 아침저녁으로 화단 풀밭에 나와 풀을 뽑더라는 거야. 잡초를 솎아 내는 줄 알았는데, 탈모가 심한 머리처럼 땅이 흉하게 드러나도록 풀을 뽑고 또 뽑더래. 어느 날은 톱을 들고 나타나서는 목련나무 가지를 다 자르더라는 거야. 줄기만 남기고는 말이지. 참 이상한 여자라고 생각하고 넘어갔는데, 다시 톱과 삽을 들고 나타나서는 멀쩡한 장미나무를 캐더라는 거야. 해마다 꽃을 피우는 장미나무를 뿌리 뽑아 화단에 내동댕이치고는 톱으로 토막을 내더래. 겨울이 가고, 봄 어느 날 그 여자가 화단에 심은 노란 튤립들을 보는 순간 아내는 끔찍해서 비명을 지르고 말았다더군. 자신이 세상에서 가장 좋아하는 꽃인 튤립이 그렇게 끔찍할 수가 없었대."

"정말 이상한 이웃이네요."

"그런데 그게 끝이 아니네. 일본 오사카에서 열리는 세미나에 참석하느라 집을 비웠을 때인데 아내가 호텔로 전화를 다 걸어와서는, 3층 여자가 정수기 관리원에게 하는 소리를 똑똑히 들었다면서 내게 들려주더군. 아파트나 빌라에서 키우는 개들은 이웃들을 위해서 일괄적으로 성대 수술을 시켜야 한다고, 그 여자가 말하는 걸 말이지."

"세상에나, 끔찍한 말이네요."

"그렇지. 그날이 하필이면 아내가 신장 투석을 받으러 다녀오는 날이라, 네 시간을 꼬박 침대에 누워 신장 투석을 받는 동안 3층 여자가 한 말이 떠나지 않아 무척이나 힘들었다고 하더군."

그는 아내가 3층 여자 이야기를 할 때마다 왜 그 여자 이야기를 자신에게 하는지 의아했는데, 왜인지 이제야 알 것 같다고 말한다.

"복원과 훼손, 그 둘이 종이 한 장 차이라는 걸 요즘 부쩍 실감하네."

우 선배는 복원가가 예술가가 아니라 장인이라고 믿는 사람이다. 그가 복원에 대해서 내게 가장 처음 가르쳐 준 것은, 복원가는 머티리얼(material)에만 집중해야 한다는 것이었다. 머티리얼은 직물, 재료, 물질, 원료, 본질적이라는 뜻을 가진 단어다.

두 번째로 가르쳐 준 것은 작품 전체가 아니라 손상을

입은 부분에만 집중해야 한다는 것이었다. 한 벽면을 가득 채울 정도로 대형인 회화 작품이 있는데 1센티만 파손되었다면, 그 1센티에만.

우 선배는 기질적으로 감상적인 사람이지만, 내가 알고 있는 복원가들 중 가장 냉철하고 냉정하다. 복원할 작품을 감상주의적인 자세로 대해서는 절대로 안 된다고, 그는 후배 복원가들에게 누누이 경고하듯 주의를 준다. 집착 같은 사적인 감정이 끼어들어서는 안 된다고. 작품에 대한 호불호가 있어서도, 작품을 함부로 평가하려 들어서도. 복원실로 보내지는 순간 모든 작품은 평등해진다고. 수십 억을 호가하는 고가의 작품이든, 몇십만 원밖에 나가지 않는 작품이든. 작품과의 객관적인 거리를 복원 작업 중에도, 복원이 끝난 뒤에도 유지해야 한다고. 그래서인지 자신이 복원한 작품과 우연히 미술관에서 재회할 때마다 그는 생면부지인 타인과 만난 듯 어색하고 낯설다고 했다.

오늘 우 선배와 내가 J갤러리를 찾은 것은, 일본에서 수송되어 온 작품들의 상태를 체크하기 위해서다. 컨디션 리포트라고, 해외 작품이 전시를 위해 우리나라를 찾았을 때 1차로 이루어지는 작업이다. 수송 중에 문제가 없었는지 확인하는 과정으로, 전시를 마친 후 떠나보낼 때도 컨디션 리포트를 작성한다. 해외 거장의 작품을 아주 가까이에서 만날 수 있는 기회이자, 유명 미술관이 어떤 식으로 미술품을 관리하는지 배울 기회이기도 해, 의뢰가 들어올 경우 나는 가능하면 수락한다.

넉 달 전쯤 나는 팔순의 재일 교포 수집가가 소장하고 있던 작품 150점을 J갤러리에 기증했다는 소식을 신문 기사를 통해 접했다. 작품들은 경매에 부쳐질 것이고, 수익금은 전액 국내의 젊고 유망한 예술가를 양성하는 데 쓰일 것이라고 했다. 150점의 작품들은 순차적으로 J갤러리로 이송될 예정이었다. 우 선배와 내가 컨디션 리포트를 작성할 대상 작품들은 1차로 수송되어 온 작품 30점으로, 서양화와 동양화와 조각 작품이 섞여 있었다.

수집가로 유명한 재일 교포를 나는 20여 년 전 인사동 한 식당에서 만난 적이 있었다. 간장게장으로 유명한 식당에서, 큐레이터와 화가를 비롯한 여남은 명이 모여 식사를 했다. 유도 선수처럼 어깨가 벌어지고 훤칠하던 수집가는 성격이 호방해 좌중을 집중시켰다. 모두의 시선이 자신에게 모아졌을 때, 그는 40년도 더 전 일본 오사카의 한 호텔에서 있었던 천경자 화백과의 만남을 회상하면서 감회가 새로운 듯 눈물을 훔쳤다. 자연스럽게 천경자 화백의 「미인도」 위작 논란에 대한 이야기가 나왔고, 그곳에 모인 이들 중 한 명이 그에게 위작과 진품을 어떻게 구분하느냐는 질문을 던졌다. 작품과 첫 대면하는 순간 섬광이 스치듯 진품인지, 진품이 아닌지 판단이 선다는 것이 그의 대답이었다.

진품은 속이지 않는다던 그의 말이 잊히지 않는다.

그 말의 앞뒤를 바꾸면 '속이지 않는 것이 진품'이라는 말이 되었다.

"선배, 나는 여전히 '적정한 선'을 지키는 것이 가장 어려워요."

십수 년 전 복원 기술을 체계적으로 배우기 위해 일본으로 떠나기 전 나는 그에게 똑같은 호소를 했었다.

원작의 상태를 벗어나지 않는 적정한 선에서 작업을 멈추는 것은 복원가의 역량이자 덕목이다. 복원 작업을 하다 보면 더 손을 대고 싶은 욕심이 생기는 순간이 있다. 아주 약간만 더 손을 대면 상태가 훨씬 나아질 것 같은 욕심이. 복원 작업에 들어가기 전 시뮬레이션을 돌리듯 복원의 전 과정을 머릿속에서 수백 번 반복하는 데는 그런 이유도 있었다.

"며칠 전에는 그동안 내가 복원한 작품이 도대체 몇 작품이나 되는지 정리를 해 보았네. 일본 유학 시절 실습생 신분으로 복원에 참여한 작품부터, 최근에 복원한 작품까

지…… 한 작품 한 작품 떠올리다가 깨달은 것은 한 번도
똑같은 상처를 입고 나를 찾아온 작품을 만난 적이 없다
는 거야. 매번 다르니 프로세스를 수백 번 머릿속으로 돌
리는 수밖에."

「미인도」에서 돌아서는 그는 고백처럼 한 점의 미련도
없어 보인다.

우 선배와 나는 전시실을 나와 사무실 쪽으로 발을 내
딛는다. 사무실 문을 노크하려다 말고 그가 진지한 눈빛
으로 나를 바라본다.

"적정한 선을 지키려면 작가의 의도를 정확하게 파악
해야겠지."

12

'작가의 의도'를 생각할 때마다 떠오르는 인물이 있다. 성경 속 예수의 열두 제자 중 하나이자 예수를 팔아넘긴 유다.

레오나르도 다빈치의 「최후의 만찬」속 유다의 얼굴은 수차례 복원을 거치는 동안 작가가 의도했던 것보다 사악하게 개조되었다는 설이 있다. 복원의 개념이 불분명하던 시기에는 화가들이 복원 작업을 했고, 어떤 화가는 심지어 자신의 사인을 버젓이 써넣기도 했다.

1497년에 완성된 「최후의 만찬」은 20년 만에 페인트가 벗겨지기 시작해 복원에 복원을 거듭했다. 1726년 고용된화가 미켈란젤로 벨로티는 작품 전체를 새로 색칠한 후, 무려 일곱 차례나 복원 작업을 실시했다. 그의 복원 작업이 잘못되었다는 것을 깨닫고 새로 고용한 화가는 외과 수술용 칼로 벨로티가 칠한 것을 벗겨 냈다.

가장 근래의 복원 작업은 복원 전문가인 피닌브라빌라 바르칠론 박사가 진행했는데, 그는 문제점을 파악하기 위해 3년 동안 「최후의 만찬」을 관찰하고, 현미경을 이용해 40배로 확대 조사했다. 그는 가장 먼저 500년 동안 켜켜이 낀 때와 이전의 복원 흔적을 제거하는 작업을 진행했다. 그는 특수 제조한 용제를 그림에 바른 뒤, 그 용제가 애초의 다빈치가 칠한 물감에까지 도달하기 전에 재빨리 닦아 냈다. 그 작업을 수차례 반복하자 마침내 다빈치가 사용한 밝은 색채가 살아났다. 흐릿해 도무지 정체를 알 수 없던 사물들이 선명해지면서 백랍 접시에 반사된 레몬 조각인 것으로 밝혀졌다. 그는 이전의 복원 작업들이 다빈치의 원작과 아주 다르게 진행되었고, 상당 부분이 되돌릴 수 없을 정도로 훼손되어 물감으로 채워 넣어야 했다고 말했다.

완성한 지 20년 만에 페인트가 벗겨질 만큼 「최후의 만찬」이 유독 크게 손상된 이유는 레오나르도 다빈치가 프레스코에 템페라와 유화를 함께 사용해서다. 유화는 그즈음 새롭게 등장한 재료였고, 다빈치는 프레스코와 유화가 잘 붙지 않는 속성을 미처 파악하지 못했다.

프레스코는 벽화를 그릴 때 주로 쓰는 화법으로, 회반죽을 바른 벽에 물에 갠 안료로 채색한 벽화를 말하기도 했다. 안료가 회반죽과 함께 마르면 그림은 완전히 벽의 일부가 되었다. 수명이 긴 장점이 있었지만, 회반죽이 마르기 전에 재빨리 그림을 그려야 하는 데다 수정이 불가능해 고도의 숙련된 기술이 필요했다.

템페라는 달걀노른자와 아교를 섞은 불투명 안료를 사용하는 화법으로, 건조가 빠르고, 일단 건조된 뒤에는 변질되거나 떨어지지 않는 장점이 있다. 빛을 거의 굴절시키지 않아 유화보다 선명한 색을 기대할 수 있지만, 유화 같은 자연스러운 효과와 명암, 색조의 미묘한 변화는 기대하기 어렵다.

예술 작품이 아닌데도 L의 운동화에 작가의 의도가 있을 것 같다. 내가 미처 파악하지 못한. 그것을 거스르는 방향으로 복원 작업이 진행될까 봐 나는 L의 운동화 복원을 꺼리는 게 아닐까.

경기도 안양에서 차를 타고 가다가 30년 전 실종된 아들을 찾는 플래카드를 본 적 있다. 여섯 살 때 실종된 아

들을 찾는 플래카드에는 실종 당시 아들의 얼굴 사진과
함께, 그로부터 30년이라는 시간이 흘러 서른여섯 살이
된 아들의 얼굴을 컴퓨터 그래픽으로 재현한 사진이 인쇄
되어 있었다.

복원에는 아무 해하지 않는 복원도 있지만, 폭력적인
복원도 있다. 우 선배가 경계하는, 작가의 의도를 넘어서
는 복원이 바로 폭력적인 복원이다.

밤 1시가 되어서야 나는 작업실을 나선다. 동양화 복원
실에서 새어 나오는 불빛이 복도에 번져 있다. 작업대를
지키고 앉아 있는 그녀를 나는 모르는 척 지나친다.

13

채 관장으로부터 전화가 걸려 왔을 때 나는 세 시간째 빈 작업대 앞을 지키고 앉아, L의 운동화가 그 위에 놓여 있는 광경을 상상하려 애쓰고 있었다. L의 운동화를 복원하려면 그것을 내 작업대로 가져와야 했다. 그러나 나는 여전히 L의 운동화를 내 작업대로 가져올 엄두를 못 내고 있었다.

"혹시 신발을 잃어버리는 꿈을 꾼 적 있으세요?"

길거리인지 사람들이 떠드는 소리, 오토바이 소리, 음악 소리가 뒤섞여 들려온다. 밤 10시가 넘은 늦은 시간이다.

"글쎄요……. 지갑을 잃어버리는 꿈을 꾼 기억은 있지만…… 신발을 잃어버리는 꿈을 꾼 기억은 없습니다."

"신발을 잃어버리는 꿈은 흉몽으로 풀이를 하더군요."

"그런가요?"

내가 모르던 사실이지만 어쩐지 새삼스럽지 않다. 그것이 신발이 아니더라도 뭔가를 잃어버리는 꿈이 길몽일 것 같지 않다.

"꿈에서는 신발이 터전이나 땅을 상징한다고 하더군요. 의지할 수 있는 부모나 배우자, 자손, 협조자를 상징하기도 한다고요. ……저는 꾼 적이 있어요. 신발을 잃어버리는 꿈을요. 넉 달 전쯤…… 꿈속에서 제가 대여섯 살 어린아이로 되돌아가 있었어요. 꿈을 꾼 기억은 생생한데, 그 당시 제가 무엇인가를 상실한 기억은 없어요."

독백을 하듯 낮게 중얼거리던 그녀가 갑자기 침묵한다. 핸드폰 배터리가 다 되어 전화가 저절로 끊긴 게 아닌가 싶을 만큼 그녀의 침묵이 길어진다.

전화를 끊으려는데 그녀가 대뜸 묻는다.

"죽은 사람은 꿈을 꾸지 않겠지요?"

"……."

"신발을 잃어버리는 꿈을 꿀까 봐 걱정이 돼요. L이 신발을 잃어버리는 꿈을 꾸면서 울고 있을까 봐서요……."

"……."

"내가 울었거든요. 꿈에서 신발을 잃어버려 집에 돌아

갈 수 없어서요. 엄마가 기다리고 있어서 집에 가야 하는 데……."

"……."

"자식들 중에 맏딸인 내가 어머니 속을 가장 많이 썩였이요. 오죽하면 나보고 당신이 죽거든 땅에 묻기 전에 심장을 꼭 꺼내 보라고 누누이 말씀하셨을까요. 나 때문에 심장이 시커멓게 숯이 되었을 거라고요. 대학교에 들어간 뒤로 어릴 때 기다렸던 것에 대한 복수라도 하듯 어머니를 많이 기다리게 했어요. 오죽했으면 사람 기다리게 하는 게 세상에서 가장 못할 짓이라고, 기다리는 사람 심정을 알면 그렇게 못할 거라고, 어머니가 나만 보면 말씀하셨을까요. 밥도 못 먹고, 잠도 못 자고 기다리게 하는 게……. 돌아가시는 순간까지 기다리게 했거든요. 병실에서, 임종하시는 순간까지 어머니가 날 기다리셨을 것을 생각하면 괴로워요. 장지에서 올케가 그러더라고요. 어머니가 나를 기다리시느라 눈도 제대로 못 감고 돌아가셨다고요."

내가 복원해야 하는 것은, 28년 전 L의 운동화가 아니다. L이 죽고, 28년이라는 시간을 홀로 버틴 L의 운동화다. 1987년 6월의 L에게 돌려주기 위해서가 아니라, 2015년 6월의 L

의 운동화인 것이다.

28년 전 L의 발에 신겨 있던 운동화를 되살리는 동시에, 28년이라는 시간을 고스란히 담아내야 하는 것이다.

28년이라는 시간을 바꾸어 말하면 고색(古色)이라고 할수 있을 것이다. 유물을 복원할 때 고색을 살리는 것은 특히나 중요하다. 조형물에서 시각적으로 감지되는 세월의 흐름, 시간의 흔적이 고색이다. 인간이 고색을 선호하는 것은 영원성에 대한 가치를 인정하기 때문이다. 르네상스 시대에 중세 것으로 보이게 하기 위해 황색의 바니시를 사용했다는 기록이 있는 것을 보면 영원성을 추구하는 것은, 유한한 인간의 본능이 아닐까. 무한한 존재가 되고자 하는 욕심이.

14

"죽은 자들, 현존하지 않는 자들, 조상이라고 부르는 자들을 위해 우리는 온갖 과일과 고기와 나물을 차리고 심지어 그 앞에서 절까지 합니다. 수십 수백 년 전에 죽은 조상들을 불러들이는 이런 이상한 의식을 인간이 하는 것은, 과거를 상징하는 그들이, 현재를 상징하는 나와 긴밀하게 연결되어 있다고 믿기 때문일 것입니다. 이때 조상들은 '과거의 나'로서 의미를 갖는 거겠지요. 장남이나 장손들이 특별한 대우를 받는 것은 그들이 훗날 그 집안의 제사장 역할을 할 이들이기 때문이겠지요. ……한 개인뿐 아니라 한 집안에도 과거가 있습니다. 한 민족의 과거, 한 국가의 과거. 과거는 현재와 미래로 연결될 때 비로소 의

미가 있을 것입니다."

1987년 7월 9일에 있었던 L의 장례식 광경이 떠오른다. L의 운구 행렬은 신촌에 있는 그의 모교를 출발해 신촌로터리를 지나 서울광장을 거쳐 광주 전남도청 앞, J고교 5·18묘역 순으로 진행되었다. L의 운구 행렬이 서울광장에 이르렀을 때 그곳에 모인 추모 인파는 100만 명에 달했다. 그로부터 십수 년이 흐른 2002년 6월 한일월드컵 때 서울광장에는 붉은악마 응원단들이 모였다. 그리고 또 십수 년이 흐른 2014년 4월 그곳에는 세월호 참사 분향소가 차려졌다. 몇 해 전부터 명절 즈음이면 그곳에서는 특산물 장터가 열린다. 전국 각지에서 특산물을 싣고 올라온 냉동차들이 광장을 울타리처럼 둘러싼다. 2010년 천안함 순직 용사 분향소가 차려진 곳도, 1964년 결식아동 구호양곡이 전달된 곳도 서울광장이다.

L의 장례식이 치러질 때, L의 운동화는 어디에 있었을까. 채 관장에게 전달되기 전까지 L의 유품들을 보관해왔다던 L의 누나가 가지고 있었을까.

L의 운동화가 다른 한 짝을 잃고 저 홀로 버틴 햇수는 28년이다. 28년은 L이 지상에서 살다 간 생애보다 7년이

나 긴 시간이다.

1966년 8월에 태어난 L은 1987년 7월에 생을 마감했다. 21년 남짓 생을 살다가 간 것이다. 생각할수록 너무 짧은 생이었다.

오래오래 살겠다고 다짐하는 한 어머니를 보았다. 죽은 자식을 오래오래 기억해 주기 위해서. 자신이 죽으면, 죽은 자식을 기억해 줄 이가 아무도 없을 것 같아서. 아무도 기억해 주지 않는다고 생각하면 죽은 자식이 너무 불쌍하고 안쓰러워서.

L의 운동화를 복원하는 것은 애도의 한 행위이기도 할 것이다.

L이 살아 있다면 올해로 쉰 살이다.

살아 있었다면 그도, 그의 동기들 대부분과 비슷한 인생을 살았을까. 군대에 다녀오고, 졸업 후 전공을 살려 금융 관련 회사에 취직을 하고, 사랑하는 여자를 만나 결혼을 하고, 자식을 둘쯤 낳고…….

쉰 살의 그가 지하철을 타고 출퇴근하는 모습을 상상해 본다. 페이스북에 전날 회식 자리에서 먹은 음식 사진을 올리고, 불어나는 뱃살을 빼기 위해 주말마다 북한산이나 관악산으로 등산을 다니고, 퇴근 후 술자리에서 정치적 의견을 피력하면서 분개하는 그의 모습을 상상하는 것이 쉽지 않다.

10분쯤 쉬는 시간을 가진 뒤 다시 강의를 시작하려는데 앞쪽에 앉은, 은테 안경이 인상적인 사내가 손을 들어 보인다.

"개인적으로 궁금한 게 있는데요, 복원가가 된 특별한 계기가 있으신가요?"

처음 받는 질문은 아니다. 그러나 그 질문을 받을 때마다 나는 처음 받는 질문처럼 당혹스럽다.

"제가 드리는 답은, 제가 왜 복원가가 되었는가에 대한 답이 아니라, 제가 왜 복원 일을 계속하는가에 대한 답이 될 것 같습니다."

나는 수강생들을 한 명 한 명 바라본다. 1660년에 완성한 렘브란트의 자화상을 102장이나 모사했다는 여대생의 모습은 보이지 않는다.

"……몇 년 전 S미술관에서 로댕의 조각 작품 전시가 있었습니다. 「생각하는 사람」을 비롯해 「입맞춤」도 전시 작품에 포함되어 있었지요."

강의 내내 스마트폰을 만지작거리던 여자가 고개를 들고는 호기심 어린 눈빛으로 나를 바라본다.

　"「입맞춤」은 클로델이 손을 조각하고, 로댕이 완성시킨 작품입니다. 단테의 『신곡』 지옥편 5부에서 영감을 받은 작품으로, 불륜의 죄를 저지르고 지옥에 떨어진 파울로와 프란체스카가 그 작품의 주인공입니다. 전시를 앞두고, 조각 작품들을 둘러볼 기회가 있었습니다. 「입맞춤」이라는 작품이 제게는 다소 시시하고 상투적으로 다가왔습니다. 그런데 어쩌다 보니 그 작품 앞에 저 혼자 남겨지게 되었습니다. 문득 실오라기 하나 걸치지 않은 알몸의 연인들을 만져 보고 싶은 충동이 일었고, 저 자신도 의식 못하는 순간 프란체스카의 굽이치는 등골을 어루만지고 있었습니다. 매달리듯 파울로의 목을 끌어안은 프란체스카의 팔을 더듬고 있었습니다. 단순히 차갑고 부드러울 것이라고만 생각했는데, 놀랍게도 통제 불가능한, 치명적인 욕망이 고스란히 느껴졌습니다. 비등점에 도달하기 직전의 물처럼 파르르 떨고 있는 육욕이요."

　강의실 안에 정적이 흐른다. 처음 하는 고백이란 걸 나는 말하지 않는다. 그때의 경험을 나는 이때껏 누구에게도 발설한 적이 없다.

　"사랑에 눈뜨기 시작한 프란체스카를 형상화한 대리석

덩어리 안에, 불가능하다는 것을 알면서도 거부할 수 없는 사랑에 막 눈뜬 여인의 불안과 흥분이 고압 전류처럼 흐르고 있었습니다. 그때의 경험이 제가 복원 일을 계속하는 이유입니다."

"모든 조각 작품이 다 그런 건 아니지 않나요? 단순히 대리석 덩어리, 석고 덩어리에 불과한 경우도 있지 않나요? 세상 모든 조각가가 로댕일 수는 없지 않습니까?"

창가 쪽에 앉은 남자의 항의 섞인 질문에 강의실 여기저기서 웃음이 터진다. 질문이 전혀 공격적으로 느껴지지 않는 것은, 격분한 듯한 말투가 그의 특유의 말투라는 것을 알기 때문이다. 남자는 자신의 질문이 농담으로 희석되는 것을 원치 않는 듯 진지함을 잃지 않고 질문을 계속한다.

"예술품이라고 하기에는 미적 가치가 떨어지거나, 미적 가치가 거의 없는 작품, 혹은 작품이라고 할 수 없는 개인 소장품일 경우, 복원 의뢰가 들어오면 어떻게 하시나요?"

10년 전 여행사 파견 직원으로 일본에 갔다가 복원 일에 흥미를 느껴 전문 복원가 양성 학원에도 다녔지만, 자신이 미술 쪽으로 전혀 재능이 없다는 것을 절감하고 포기했다는 사적인 고백을, 남자는 강의 첫날 자발적으로 했다. 남자가 다녔다는 학원은 고전 조각 복원 전문가를 양성하는 곳으로, 문도 그 학원의 전문 과정을 수료했다.

"그런 경우, 저는 소장자에게 어떤 의미와 가치를 갖는지 살펴봅니다."

"의미요?"

"똑같은 재봉틀이어도, 옆집 재봉틀과 내 어머니의 재봉틀은 다를 것입니다. 내 어머니의 재봉틀은 처음에는 옆집 재봉틀과 똑같은 재봉틀이었지만, 어머니의 아우라가 더해져 다른 재봉틀이 되었을 것입니다. 똑같은 상표의 운동화여도, 옆집 아이의 운동화와 내 아들의 운동화는 다르겠지요. 어떤 여자가 아들의 운동화를 복원해 달라고 복원가를 찾아온다면, 그 운동화가 그 여자에게는 세상에 둘도 없는 특별한 운동화이기 때문일 것입니다. 운동화가 귀한 물건도 아니고, 새 운동화를 얼마든지 사 신길 수 있는데도 불구하고, 차마 버리지 못하고, 심지어 운동화 값보다 비싼 값을 치르더라도 그것을 어떻게든 복원해 간직하고 싶어 하는 데는 말이지요. 지극히 사적인 의미와 가치가 저를 설득하거나 매혹할 때, 저는 복원하고 싶은 의지와 욕구를 느낍니다."

나는 그렇게 스스로를 설득하고 있었다. 내 내부에서 이미 설득하려는 나와 설득당하지 않으려는 나가 다투고 있었다.

15

뒤샹의 폴리우레탄 작품은 1947년에 제작된 것으로, 여자의 유방을 형상화했다. 상점에서 판매하는, 가짜 고무 유방에서 영감을 얻어, 분홍색 젖꼭지가 달린 유방을 만들게 되었다고 그는 어느 인터뷰에선가 밝혔다. '제발 만지시오(Prière de Toucher)'라는 문구로 유명한 그 작품은 폴리우레탄이라는 재료의 한계를 극복하지 못하고 납작하게 눌렸다.

L의 운동화 복원 작업과 뒤샹의 작품 복원 작업은 다를 수밖에 없다. 그 둘의 공통점은 소재가 폴리우레탄이라는 것, 그것 한 가지다. 그 두 작업은 말하자면, 복원 작

업에 들어가기 전 스스로에게 수십 번 반복해서 던지는 질문들에 대한 답부터 다르다. 어디까지 유지할 것인가? 어디까지 복원할 것인가? 그 두 질문에 대한.

뒤샹의 작품을 복원한 이들은 납작하게 눌린 유방에 '녹인 플라스틱'을 주입해 그대로 굳혔다. 원래의 형태를 살리지 않고 눌린 그대로 복원한 것이다.

예술가는 창조자라는 면에서 신(神)과 같은 존재다. 그러므로 예술가의 의도를 넘어선 복원은 신화를 건드리는 작업이다. 뒤샹의 작품을 복원한 복원가들이 그것을 그대로 굳힌 이유는 '최소한의 개입'을 염두에 두었기 때문이리라. 뒤샹이 완성했을 때만 해도 볼록했을 유방이 주저 앉는 과정 또한 의미 있다고 판단했던 게 아닐까.

L의 운동화를 그대로 두는 것이, 운동화를 신화화하는 것일 수도 있겠다는 생각이 든다.

L의 운동화는 시위 현장에서가 아니라 보관 과정에서 파손되었다.

L의 운동화가, L을 넘어서서는 안 된다.

L을 집어삼켜서는.

운동화가 만들어지는 일련의 과정을, 나는 수첩에 그림을 그려 가면서 정리해 본다.

먼저 운동화 설계도를 그린다. 설계도에 따라 갑피, 내피, 깔창, 중창, 밑창, 끈, 끈 구멍 등 각 부분의 원단과 소재를 정한다. 각 부분에 필요한 원단과 소재를 구해, 치수에 맞게 재단한다. 각 부분의 재단 면을 연결해 재봉한다. 형태를 만들어 고정하고, 발 모양의 보형물을 넣어 모형을 잡아 준다. 본드로 중창과 밑창을 결합시킨다. 밑창의 각 부위를 결합시키고, 압력을 가해 안정적으로 고정시킨다.

L의 운동화가 내 작업대 위에 놓여 있다고 가정하고, 그것을 부분별로 해체해 보기로 한다. 비록 가상이지만, L의 운동화를 해체하는 작업에 들어가기 전 나는 고래 해체 작업을 찍은 동영상을 찾아본다. 막연하지만 나는 L의 운동화를 해체하는 과정이, 영물(靈物)인 고래를 해체하는 과정과 흡사하리라는 생각이 든다.

내가 인터넷상에서 찾은 동영상에서는 검정 고무장화를 신은 사내 셋이 협업으로 고래를 해체한다. 고래 옆에는 얼음이 수북하게 쌓여 있다. 사내들은 포를 뜨듯 고래 살점을 네모반듯하게, 두부 판 크기로 떼어 얼음 속에 파묻는다. 주도적으로 고래를 해체하던 늙은 사내는 선 채로 숫돌에 대고 식칼의 날을 간다. 식칼의 날을 가는 모습만으로 늙은 사내가 숙련된 고래 해체사라는 것을 알 수 있다.

동영상을 다섯 번이나 반복해서 본 뒤에야 나는 L의 운동화 헤체 작업에 들어간다. 머릿속에서 이루어지는 작업이지만 긴장된다. 나는 가장 먼저 L의 운동화 밑창을 떼어 낸다. 굽 부분이 전부 탈락한 밑창을.

"나는 죽은 토끼를 떠올렸습니다."

그녀가 설명을 요구하는 눈빛으로 나를 바라본다.

"요셉 보이스의 죽은 토끼를요. L의 운동화가 내게는 죽은 토끼 같았습니다."

그녀는 내게 요셉 보이스의 그 동영상을 본 적이 있다고 말한다. 대학 시절, 미학 수업 때 그녀는 그 동영상을 보고 눈물을 흘렸다. 그녀가 우는 것을, 그녀의 친구는 이해 못했다. 흐느껴 울 만큼 그녀를 슬프고 고통스럽게 하던 보이스의 퍼포먼스를, 그 친구는 웃고 떠들면서 보았다.

"L의 운동화가 죽은 토끼라면…… 죽은 토끼가 잠이

든 뮤즈를 품고 있는 거겠네요."

그녀가 내게 묻는다. 브랑쿠시의 「잠이 든 뮤즈」가 L의 운동화 속에서 잠들어 있는 것 같았다고 그녀는 내게 말했었다.

"그러게요 그렇게 되는군요."

"그럼…… 죽은 토끼가 아니겠어요."

"……?"

"잠이 든 뮤즈를 품고 있으니, 죽은 토끼가 아니겠어요……."

다분히 동화적인 귀결이 더없이 논리적으로 들린다.

"그런데 보이스는 죽은 토끼를 어디서 구했을까요?"

그녀의 눈동자가 흔들린다.

"……?"

"그때도 궁금했었어요."

"……."

"보이스가 죽은 토끼를 어디서 구했는지…… 그때도……."

"미학 강의를 듣는 학생 수가 60명쯤 되었는데, 그날 강의실에는 달랑 세 명만 앉아 있었어요. 그런데도 강사는 휴강을 하지 않고 보이스의 동영상을 보여 주었어요. 30대 중반이던 강사는 두 시간짜리 미학 강의를 하기 위해 서울에서 고속버스를 타고 내려온다고 했어요. 강의를 끝내고, 다시 서울로 올라가기 위해 고속버스 터미널로 향하는 그 강사를 미행하듯 쫓아갔어요. 죽은 토끼를 어디서 구했는지 그가 알고 있을 것 같아서요. 파격적이고 선구적인 그 예술가가 죽은 토끼를 도대체 어디서 구했는지……."

그녀는 그 강사가 고속버스 터미널 근처 허름한 해장국 식당에 들어가 뼈다귀해장국을 주문하는 것을, 뚝배기에 담긴 뼈다귀해장국이 나오자마자 사나흘 굶은 사람처럼 허겁지겁 국물을 떠먹는 것을 지켜보았다. 송골송골 땀이 맺히는 얼굴을 냅킨으로 연신 훔치면서 뼈다귀에 붙은 살점을 발라먹는 것을.

미학 강의 시간에 아름다움에 대하여 이야기하던 그와 짐승의 뼈다귀를 뜯는 그가 동일인이라는 사실이 믿기지 않을 만큼, 둘 사이의 괴리가 너무 커서 그녀는 분노마저 일어났고, 그날 이후 미학 강의를 들을 수 없었다.

대학교를 졸업하고 수년이 지난 어느 날 그녀는 인사동 거리에서 우연히 그 강사와 재회했다. 머리가 벗어지고 배가 나온 그는 여전히 시간 강사 신분으로, 지방의 대학교를 떠돌면서 미학을 강의하고 있었다.

나는 혹시나 그 강사라는 사람이 한때 그녀의 남편이

아니었을까 싶다.

"토끼요……."

그녀는 실어증 치료를 받는 사람처럼 고통스러워하면서 입을 연다.

"토끼를 만난 적이 있어요. 아들을 시설에 데려다주고 집으로 돌아오는 길에…… 43번 국도에서요."

그녀는 자신의 아들이 수녀들이 운영하는 지적장애인 시설에서 지내고 있다고 말한다. 43번 국도를 달리다 보면 포천 못미처 그 시설이 있다.

"애 아빠는 아들이 중학교에 들어갈 나이가 되자 시설에 보내기를 원했어요. 내게 상의를 하기 전부터 적당한 시설을 수소문하고 다녔어요. 애 아빠는 그것이 최선이라고 했어요. 모두를 위해서요. 그런데 모두를 위해서라는 말이 내게는 위선적으로 들렸어요. 그 말이 도대체 무슨 뜻인지 모르겠다고 화를 냈지만, 애 아빠는 자신의 결정을 번복하지 않았어요. ……어쩌면 애 아빠보다 내가 더 원했는지도 모르겠어요."

하필이면 그즈음 아들이 행방불명이 되는 일이 있었다고, 그녀는 말을 잇는다. 그녀가 우편함 속 고지서들을 챙기는 사이에, 엘리베이터 앞에 서 있던 아들이 증발하듯 사라지고 없었다. 나흘 뒤 아들이 발견된 곳은 뜻밖에도 천안 KTX 역사 안이었다. 다행히 아들의 모습과 행동을 이상하게 여긴 역무원이 경찰에 신고한 덕분에 찾을 수 있었다. 아들이 항상 목에 걸고 다니는 목걸이에는 집 전화번호와 그녀의 핸드폰 번호가 새겨져 있었다. 아들이 어떻게 천안까지 갔는지 지금도 수수께끼라고 그녀는 말한다. 혼자서는 버스를 탈 줄도 모르는 아들이 어떻게 열차를 타고 천안까지 내려갔는지 도무지 이해가 안 된다고.

"그 일을 겪고 나서 어쩔 수 없이 애 아빠의 결정을 받아들이기는 했지만, 모두를 위해서라는 말이 나는 여전히 무슨 뜻인지 모르겠어요. 그 말이 내게는 폭력적인 그 어떤 말로 들려요."

그녀는 1년에 세 번, 설과 추석 명절과 아들의 생일에 맞추어 아들을 시설에서 데리고 나온다. 아무리 길어야 사나흘 집에서 데리고 있다가 다시 시설로 돌려보낸다.

"1년 365일 중 기껏해야 열흘 남짓밖에 데리고 있지 않으면서 아들을 하루 더 데리고 있는 게 갈수록 힘들어져요. 고작 하루 더 데리고 있는 게, 한평생 데리고 있는 것처럼 힘이 들어요……. 재작년 아들 생일 때였어요. 아들을 시설에 데려다주고 돌아오는 길에 토끼를 만났어요. 대개는 이른 점심을 먹고 출발해 아직 해가 환할 때 시설에 들여보냈어요. 어스름이 깔려 오는 시간에 아들을 시설에 들여보내는 것이 쉽지 않아서요. 그날따라 애 아빠에게 일이 있어서 오후 늦게 출발했어요. 저녁때가 다 되어서야 시설에 도착했는데, 저녁 배식 시간인지 식당에 환하게 불이 켜져 있었어요. 카레 냄새가 났고, 식당 유리 너머로 식사를 하고 있는 사람들의 모습이 어른어른 보였어요. 식당 유리가 불투명이라서 그들의 얼굴이 일그러져 보였는데, 마치 울고 있는 것 같았어요. 아들이 카레를 먹지 않는다는 것을, 아들을 들여보내고 나서야 깨달았어요……. 43번 국도 한복판에서였어요. 푸른 눈동자를 보았어요. 국도에 깔린 어둠 속에 못처럼 단단히 박혀 있던 두 개의 푸른 눈동자를. 토끼야, 토끼가 있어……. 나도 모르게 아마 그렇게 중얼거렸을 거예요. 시속 100킬로로 달리는 우리 차 앞에 토끼가 있다는 걸 애 아빠에게 알려 주려고요…….”

그로부터 두 달 뒤 그녀는 합의이혼을 했다. 그리고 아들은 여전히 지적장애인 시설에서 지내고 있다.

“며칠 전에 보이스의 퍼포먼스 동영상을 다시 보았어요.”

그녀는 나를 처다보지 않고 중얼거린다. 목소리가 한없이 낮고 느리지만, 그녀의 격해진 감정이 고스란히 느껴진다.

"꿀과 금을 얼굴에 바른 요셉 보이스가 안고 있는 죽은 토끼가, 43번 국도에서 만난 토끼 같았어요……. 애 아빠와 내가 타고 있던 차에 치인……."

17

2013년에 L의 의복은 보존 처리되었다. 내가 수집한 자료에 따르면 L의 복식 관련 유품은 모두 24점이다.

나는 L의 의복을 어떤 식으로 복원·보존 처리했는지 구체적으로 알고 싶었다. 피격 당시 L이 몸에 걸치고 있던 의복은 다섯 가지다. 티셔츠, 청바지, 내의, 양말, 벨트. 그것들을 구성하고 있는 주요 물질은 섬유다. 섬유는 유기물로, 돌 같은 무기물보다 보존이 어렵고 까다롭다. 유기물과 무기물은 탄소 유무로 구분한다. 유기물은 탄소를 포함하고 있는 물질로, 태울 수 있는 생물체의 구성 물질을 말한다.

유기물인 섬유는, 재료나 오브제로서 불완전하다. 외부

의 환경과 스트레스에 취약해 변형이 일어나는 데다, 영구적이지 않아서 시간이 지나면 노화(老化)가 진행된다. 최종적으로 섬유 고유의 성질을 상실하고 소멸하게 되어 있다.

L의 의복들을 보존 처리한 박 교수는 대학교에서 운영하는 박물관 수복실의 수장이다. 50대 초반으로, 수수하고 부드러우면서도 강단이 있어 보이는 인상이었다. 전통 복식에 정통한 그녀는, 조선 시대와 그 이전 시대의 복식들을 발굴하는 일뿐 아니라 복원·보존 처리하는 일을 사명처럼 해 오고 있다.

2013년 인수했을 때 L의 의복들이 피격 당시 상태 그대로 보관되어 있었다는 말로 그녀는 운을 뗀다. 섬유를 손상시키는 원인에는 빛, 온도와 습도, 생물의 피해, 화학약품 등 여러 가지가 있는데 현대 의복들은 '보관에 의한 손상'도 있다. 천연 소재인 조선 시대 의복보다 화학 성분이 다량 함유된 현대 의복이 더 빠르게 손상을 입는다.

"우리는 선택적 제거를 했어요."

그녀는 L의 의복들이 1980년대 후반 것들로 연대가 오래되지 않았지만, 보존할 역사적 가치가 크고, 그런 경우 오구(汚垢)를 선택적으로 제거한다고 설명한다. 백범 김구가 피살 당시 입었던 옷이나 독립투사들이 입었던 옷을 보존 처리할 때, 그 옷들에 선명하게 남아 있는 혈흔 자국들은 제거하지 않는다.

"피격의 흔적과 혈흔은 보존하고, 퇴화의 원인이 되는 흙이나 먼지 같은 오구는 제거했어요."

조선 시대와 그 이전 시대의 복식을 주로 보존 처리한 자신에게 L의 의복 보존 처리 작업은 일종의 도전이기도 했다고 그녀는 털어놓는다.

그녀가 내게 가능한 한 많은 이야기를 해 주고 싶어 하는 것이 느껴진다.

"마음에 걸렸어요."

인수받은 L의 의복들을 보존 처리하기 위해 자신의 연구실로 가져올 때, 운동화만 남겨 두고 오는 것이 걸렸다고 그녀는 거듭 말한다.

'선택'이라는 단어는 매번 내게 지인인 한 여자를 떠오르게 한다. 유기견들과 살고 있는 그 여자는 아홉 마리가 자신이 감당할 수 있는 최대치라고 생각했다. 아홉 마리까지는 자신이 어찌어찌 감당할 수 있어서 아홉 마리를 키우는 것이라고, 열 마리를 감당할 수 있었으면 열 마리를 키웠을 것이라고, 열한 마리를 감당할 수 있었으면 당연히 열한 마리를 키웠을 것이라고. 하지만 그 여자의 형편을 잘 아는 이들은 이구동성으로 그 여자가 자신의 능력에 비해 너무 많은 개를 키우고 있다고 말했다. 심지어 그 여자가 감당할 수 있는 개는 세 마리라고 말하는 이도 있었다. 그 여자는 독신으로, 수입이 불안정한 번역 일을 했다. 그 어느 해던가, 나는 우연한 기회에 그 여자의 집을 방문한 적이 있었다. 참외를 깎다 말고 그 여자는 땅이 꺼져라 한숨을 토하더니 중얼거렸다. 아홉 마리 중 한 마리가 병이나 노환으로 세상을 떠나면 유기견 보호 센터에서 개를 한 마리 입양하는데 그때마다 '선택'을 하는 것이 너무 어렵다고. 새 주인을 기다리는 수십 마리의 개 중 '한 마리'를 선택하는 것이. 선택받지 못한 개들은 일정한 기간이 되면 안락사 처리된다는 것을 잘 알기에. 절박한 개들 속에서 보다 어린 개, 보다 건강해 보이는 개, 보다 영리해 보이는 개, 보다 마음을 끄는 개를 고르고 있는 자신을 발견하고는 소스라치게 놀란다고 했던가.

버려진 개는 서른 마리인데, 그중 단 한 마리만 선택해야 한다면 어떤 개를 골라야 할까. 내가 선택한 한 마리를 제외한 나머지 스물아홉 마리는 안락사 처리된다는 것을 뻔히 알면서 한 마리만 골라야 한다면.

18

L의 운동화가 진열된 진열장 앞에 대여섯 사람이 모여 있다. 그중 한 사람이 L의 어머니라는 것을 나는 직감적으로 알아차린다. 흰 블라우스에 검정 바지를 받쳐입은 차림이 소박하면서도 위엄이 있다. 채 관장의 모습은 보이지 않는다. 그들 중 하나가 촬영 장비를 들고 있는 것으로 봐서, 신문사나 잡지사에서 나와 인터뷰를 진행하는 것 같다.

"저 운동화가, 우리 아들이 신었던 운동화라고 하니까, 우리 아들의 운동화인가 보다 해요……. 우리 아들의 운동화인가 보다……. 나는 솔직히 저 운동화가 우리 아들이 신었던 운동화인지 잘 모르겠어요."

큼직하게 느껴지는 손으로 가슴을 지그시 누르던 그녀는 조심스럽게 말을 잇는다. 해야 할 말을 하기 위해서. 해야 할 말을 하는 것이 얼마나 어려운 일인지, 나는 4층 전시실에 울리는 그녀의 목소리를 통해 깨닫는다. 침묵하는 것보다 침묵하지 않는 것이 때로 얼마나 가혹한 일인지를. 그녀는 자기 자신에게 말을 하듯, 모두에게 말하고 있다. 그녀의 목소리는 크지 않으면서 크고, 낮지 않으면서 낮고, 느리지 않으면서 느리다.

아들이 신었던 운동화라고 하니까 그냥 아들의 운동화인 줄 안다는 고백보다 더 확실한 증거가 또 있을까 싶다. 애매모호한 그 말보다, 진열장 안 운동화가 L의 운동화라는 것을 증명할.

"6월 10일 자정부터였어요. 스무 날하고 이레 동안 중환자실 침대에 누워 있는 우리 아들 곁에서 신문지 한 장을 이불 대신 깔고 덮고 자는 학생들을 보면서 신문지 한 장만 있어도 사람이 살 수 있겠구나, 생각했어요. 신문지 한 장만 있어도 사람이 죽지 않고 살겠구나……. 신문이 내게는 그런 것이에요."

그녀는 또다시 손으로 가슴을 누르고 말을 잇는다.

"우리 아들이 어디서 죽었을까…… 왜 죽었을까…… 도망가다 죽었을까…… 하지 말라고 했는데…… 하더라도 뒤에서 하라고 했는데…… 뒤에서…… 뒤에서 하라고 했는데…… 위험하니까 하더라도 앞에서 하지 말고…… 사진을 보니까 앞에서 했더라구요…… 앞에서…….”

L의 어머니와 사람들이 떠나고 4층 전시실에 남겨진다. 나는 진열장 쪽으로 발을 내딛는다.

나도 L의 어머니와 다르지 않다는 생각이 든다. 그녀처럼 나도 저 운동화가 L의 운동화라고 하니까 L의 운동화인 줄 아는 것뿐이라고. 아무도 내게 가르쳐 주지 않았으면 진열장 안 운동화가 L의 운동화인 줄 몰랐을 것이다.

1987년 6월 9일의 L의 운동화는 여전히 내가 모르는 운동화다. 나는 그때의 L의 운동화를 본 적이 없다.

정확히 말해, 내가 아는 L의 운동화는 2015년 1월 이후의 운동화다.

L의 운동화를 보러 다녀온 이튿날, 그것을 내 작업대로 가져와야겠다는 의사를 나는 채 관장에게 전한다. 마침 보존연구소 근처에서 볼일이 있으니 방해가 안 되는 시간을 알려 주면 잠깐 들르겠다는 그녀에게 나는 오후 3시 이후로는 보존연구소에 있을 거라고 알려 준다.

5시경 찾아온 그녀는 제과점에서 샀다며 빵이 든 봉지

를 내민다. 소보로빵 두 개, 단팥빵 두 개, 슈크림빵 두 개.

나는 소보로빵 두 개를 접시에 나란히 담아 사과주스와 함께 그녀에게 낸다. 그녀는 접시를 내려다보며 내가 자신과 다른 사람인 줄 알았는데 비슷한 사람이었다면서 순하게 웃는다.

"나름 종류별로 샀어요. 세 살 터울인 여동생이 임신했을 때 빵이 먹고 싶다고 해서 소보로빵을 열 개 사다 준 적이 있어요. 기뻐할 줄 알았는데 융통성이 없다면서 화를 내지 뭐예요. 이왕 빵을 사다 줄 것이면 종류별로 사다 줄 것이지 한 종류로만 사 오면 어떻게 하느냐고요. 그 뒤로 과일이나 빵을 살 때 종류별로 사려고 애를 씁니다. 사과도 사고, 바나나도 사고, 딸기도 사려고요. 종류별로 사는 것이 내게는 여전히 여간 어려운 일이 아니에요. 늘 가던 식당만 가고, 늘 시키는 메뉴만 시키는 나 같은 사람에게는 매번 어려워요. 한 종류로만 사고 싶은 충동과 싸워야 하니까요. 어째서 한 종류로만 사면 안 되는지 여동생에게 묻고 싶었지만, 여태까지 묻지 못했어요."

그녀는 사과주스를 한 모금 마시고 잠시 숨을 고른다.

"L의 운동화가 제게 온 게 2005년이에요."

유가족들이 L기념관에 L의 운동화를 인계한 정확한 연도를 모르고 있던 나는 고개를 끄덕인다.

"현재 4층 전시실 진열장에 전시되어 있는 다른 유품들과 함께였어요. 둘째누님이 L의 유품들을 보관하고 계셨어요. L이 마지막으로 입었던 옷가지와 물품들과 운동화를 버리지 못하고 상자 속에 넣어, 이사를 갈 때마다 꼭 챙겨 가지고 다니셨다고요. 상자 속 유품들이 L의 일부나 마찬가지여서 버릴 수 없었다고 했어요. 가끔 L이 보고 싶을 때면 유품들을 꺼내 방 안에 늘어놓고 훌쩍훌쩍 눈물을 흘리곤 하셨다고요. 자신의 품에서 그만 떠나보내야 할 것 같아, 떠나보내는 게 도리일 것 같아 보내는 것이라며, 어느 날 유품 상자를 내게 보내오셨어요……. L이 한때 둘째누님과 살았거든요. L이 대학교에 입학해 서울로 올라올 때만 해도 미혼이던 둘째누님이 결혼한 뒤로는, 셋째누님과 살았고요. 셋째누님이 개봉동 쪽에서 살았던 것으로 알고 있어요. 유품 상자를 받아 오던 날, 몹시 앓았어요. 체하거나, 장기가 탈을 일으킨 것은 아니었어요. 그렇다고 흔한 감기 몸살도요. 유품 상자를 도로 둘째누님에게 가져다주고 싶을 정도로 끙끙 앓았어요. L 위로 누님이 세 분 계세요. L의 어머니는 광주에 살고 계시는데, L이 대학교에 진학해 광주 고향 집을 떠날 때까지 쓰던 물건들을 하나도 버리지 않고 가지고 계세요. L이 고등학교 때 보았던 교과서는 물론 참고서도요. 물건들이 L이나 다름없어서 차마 버릴 수 없다고 하시더군요."

내가 미처 모르던 이야기를 들려주기 위해서 들른 것일까. L에 대한 이야기이자, L의 운동화에 대한 이야기를 들려주기 위해서.

"기적 같지 않나요?"

나는 그저 묵묵히 다음 말을 기다린다.

"나는 L의 옷가지와 운동화가 안쓰럽고 대견스러워요. 불태워지지 않고, 여태 용케 버텨 준 것이요. 우리에게는 죽은 사람이 남긴 옷가지를 불태우는 풍습이 있잖아요. 운동화가 한 짝이라도 남아 있어서 천만다행이지 않나요? 어쨌든 한 짝이라도 남아 있어서, 복원을 하게 되었으니까요."

어릴 때 보았던, 할머니가 할아버지의 옷을 태우는 광경이 떠오른다. 아버지와 숙부들은 마루에서 부의금 봉투들과 장부를 늘어놓고 부조금을 계산하고 있었고, 어머니와 숙모들은 장례식 내내 제대로 씻지 못한 몸을 씻으러 읍내 목욕탕으로 몰려갔다. 장례를 치르는 내내 벌건 육개장이 끓던 가마솥은 차갑게 식어 있었다. 예닐곱 살 여자아이처럼 몸피가 쪼그라든 할머니는, 서리 내린 배추밭한쪽에 종이와 장작을 모아 놓고 불을 지폈다. 불길이 어느 정도 오르자 할아버지의 옷가지들을 하나씩 불길 속으로 던져 넣어 태웠다. 옷가지가 타들면서 버섯처럼 피어오르던 연기를 언 배추들이 허망하게 바라보고 있었다. 할머니는 할아버지가 생전에 입었던 옷뿐 아니라 이불까지 태웠다. 고등학생이 되어서야 나는 그것이 불교적인 애도의 한 의식이라는 것을 알았다. 옷을 불태워 허공으로 날려 보내야 죽은 이가 그 옷을 입고 저승으로 간다는 믿음에서 비롯된 의식이라는 것을.

그러고 보면 L의 옷가지들과 운동화가 불태워지지 않고 남아 있는 것은 기적이다.

"여섯 사람이 L을 부축했다고 들었어요. L의 팔과 다리를 하나씩 붙들고 의무실이 있는 학생회관 1층으로 향하다가 아무래도 상태가 위중한 것 같아서 지척에 있던 종합병원 응급실로 향했다고요. 여섯 사람이 처음부터 끝까지 L을 부축한 것은 아니고, 도중에 한두 사람 교체되기도 하고, 다섯 사람이 부축을 하기도 하고…… 다 해서 정확히 몇 사람이 L을 부축했는지는 나도 모르겠어요. 제가 L을 부축했던 이들 중 하나였다면 좀 더 상세한 이야기를 복원가님께 들려드릴 수 있을 텐데…… 그렇지 않아서요……. 그때 나는 어디에 있었을까요? 어디서 뭘 하고 있었을까요?"

자괴감이 느껴지는 목소리다.

"관장님께서도 그곳에 계셨겠지요. 멀지 않은 곳에요."

"하긴 내가 L을 부축한 이들 중 하나였어도 마찬가지가 아니었을까, 하는 생각이 들어요. ……저마다 기억들이 조금씩 다른 것을 보면요."

그녀의 목소리는 한 톤 낮아져 있다.

"저마다요?"

"10여 년 전에, L을 기억하고 있는 이들이 우연히 한 자리에 모인 적이 있어요. L의 선후배이거나, 동기이거나, 아무튼 L과 가깝게 지내던 이들이었어요. 나도 그들 중 한 명이었고요. 우리는 결혼식 하객들이 되어 만났어요. 근 10년 만에 만난 이들도 있었고요. L의 동아리 후배 결혼식이 합정동 쪽 예식장에서 있었어요. 살아 있었다면 L도 결혼식 하객으로 예식장을 찾았겠지요. 축의금 봉투와 바꾼 식권을 들고 뷔페식당으로 향했겠지요. 잡채, 팔보채, 갈비, 김밥, 연어 등등 음식들을 한꺼번에 접시에 담아 들고 지인들이 자리 잡고 있는 테이블로 가, 접시 위의 음식을 먹으면서 안부를 주고받았겠지요. 결혼식이 끝나고 생맥주를 한 잔씩 하러 호프집으로 몰려갔어요. 대낮이라 문을 연 호프집을 찾는 게 쉽지 않았어요. 2층에 자리한 호프집에 손님이라고는 우리뿐이었어요. 누가 먼저였는지 모르겠지만, L에 대한 이야기를 하기 시작했어요. 1987년

6월 9일, L에게 무슨 일이 있었는지…… 그런데 저마다 꺼내 놓는 기억들이 조금씩 달랐어요. 미묘하게 다르기도 했고, 약간 다르기도 했고, 완전히 다르기도 했어요. 기억에도 시차(時差) 같은 것이 존재하는 걸까요?"

그녀는 묻는 눈빛으로 나를 바라본다.

"그러게요……."

"한 사람을 두고, 한 사람에게 일어난 일을 두고 어떻게 그렇게 다르게 기억을 할까, 싶었어요. 그게 벌써 10년도 훨씬 더 전 일이니, 당연하다는 생각이 들면서도 의아했어요. 기억들이 저마다 달라서, L에 대한 이야기를 하면 할수록 퍼즐 조각을 맞추는 기분이 들었어요. 자신의 기억이 맞다고 우기는 이는 없었지만, 다들 어떻게든 기억들을 일치시키려고 애를 쓰고 있었어요. 그런데 신기하게도, 완전히 다른 기억들의 경우 오히려 일치를 보는 것이 쉬웠어요. 어느 한쪽이 자신의 기억이 아무래도 틀린 것 같다고 지레 포기를 하거나, 어느 한쪽이 강력하게 자신의 기억이 맞다고 우기거나 했으니까요. 문제는 아주 미묘하게 차이가 나는 기억들이었어요. 그런 경우는 어긋난 부분들을 맞추기가 어려웠어요."

목이 타는지 그녀는 유리컵 속 서너 모금 분량의 사과주스를 단번에 마신다.

"L을 부축했던 이들 중 한 명은 수년 전 암으로 세상을 떠났어요. 또 한 명은 자신이 그 여섯 사람 중 하나라는 사실이 외부로 알려지는 것을 극도로 꺼리고 있고요. 5월 말만 되면 이유 없이 아프다고 했어요. 어디가 아픈지 설명할 수는 없지만, 일상생활에 지장이 있을 정도로 아프다고 했어요. 본인은 아파서 죽겠는데, 가족이나 직장 동료들이 볼 때는 꾀병을 부린다는 오해를 살 정도로 멀쩡해 보여서 힘들다고요."

"……."

"또 한 명은 한쪽 눈을 실명했어요. 다른 집회에서 눈을 다쳤어요."

그녀는 L을 부축했다던 이들 중 세 사람에 대한 이야기만 들려준다. 나는 다른 사람들은 어떻게 살고 있는지 궁금하지만 어쩐지 물어서는 안 될 것 같다.

"소시지 모듬을 안주로 지린내 나는 생맥주를 마시면서, 저마다 다른 기억들을 퍼즐 조각들처럼 어수선하게 늘어놓고 맞추어 가던 우리는 한 가지 사실을 깨달았어요. 우리 중 아무도 기억 못하는 부분이 있다는 것을요."

아무도 기억 못하는 부분, 그것이 무엇인지 나는 그녀에게 묻는다.

"기억 못하는 부분이 아니라, 이해가 안 되는 부분이라고 해야 더 맞을 것 같네요. 응급실로 데리고 간 L의 몸에서 옷과 운동화를 벗긴 이가 누구인지 아무도 기억을 못하고 있다는 거예요."

"······."

"우리 중에는 L의 몸에서 옷과 운동화를 벗긴 이가 없어요. 누군가 L의 몸에서 옷과 운동화를 벗기는 것을 목격한 이도요. L 스스로 옷과 운동화를 벗은 것인지, 간호사나 다른 누군가가 벗긴 것인지, 정말이지 수수께끼예요. 내가 응급실에 갔을 때는 이미 옷가지와 운동화 한 짝이 벗겨져, L이 누워 있는 침대 밑에 놓여 있었어요. 응급실에 도착했을 때만 해도 약간의 의식이 있던 L 스스로 옷과 운동화를 벗었을 거라고 말하는 이도 있고, 간호사가 벗겼을 거라고 말하는 이도 있어요. 혹시 응급실에 실려 간 경험이 있으세요?"

"아니요."

나는 고개를 젓는다. 미술품 복원에 대한 강의를 할 때 미술관 복원실을 종종 병원 응급실에 비유하면서도, 나는 정작 그 장소에 대한 경험이 없다.

"피투성이가 되어 응급실에 실려 오면 간호사가 가위로 옷을 갈기갈기 찢어요. 1초가 다급한 데다, 대개의 경우 스스로의 의지로 옷을 벗고 입을 수 없는 위급한 지경이니까요. L을 부축했던 여섯 명 중 하나도 최루탄을 맞고 응급실에 실려 간 적이 있는데, 그때 입고 있었던 옷이 남아 있지 않다고 했어요. 간호사가 가위로 자신의 옷을 싹둑싹둑 잘라 버려서요. 대개의 경우를 생각하면 피를 흘리면서 응급실로 실려 온 L의 옷도 가위로 갈기갈기 찢겨 버려졌어야 맞지만, 그렇지 않았던 거예요. 추측이지만, 제 생각에는 응급실에 도착했을 때만 해도 L에게 의식이 있었던 게 아닌가 싶어요. L이 스스로 옷을 벗었던 게 아닌가……."

그제야 나는 그녀가 어째서 L의 옷가지와 운동화 한 짝이 여태까지 남아 있는 것을 기적이라고 말하는지 이해가 된다.

"나는 역사를 기억의 투쟁이라고 생각해요. 그리고 기억은 구체적인 매개물로 형성되고 유지되는데, L의 운동화 같은 물건이 그 매개물이 아닌가 싶어요."

L의 운동화를 복원하기로 결정을 내리고 나서야, L의 운동화 복원을 모두가 바라는 것은 아님을 나는 우연한 기회에 알게 된다.

재불 작가의 전시회 오프닝에서 만난 조 선배는 반백의 중년이 되어 있었다. 그는 한남동 쪽에서 갤러리와 함

께 보존복원연구소를 운영하고 있다. 사회적으로 어느 정
도 지위와 경제력이 있고, 문화 수준이 높은 수집가들이
그의 주요 고객이다. 미학이 전공인 그는 대학교에서 복
원이 아닌 미학을 가르친다.

조 선배도 L의 운동화를 알고 있다. L의 의복들이 보존
처리되고 수년이 훌쩍 지나도록, 복원할 복원가를 찾지
못해 운동화 한 짝만 홀로 방치되었던 것까지.

이미 '사망 선고'가 내려진 L의 운동화를 복원하는 것
이 무슨 의미가 있는지, 그는 내게 반문한다. 심장 박동이
멈춘 환자를 붙들고 애를 쓰는 것이.

"저도 의미를 찾는 중입니다."

내가 L의 운동화를 복원하기로 결심하는 데, L의 어머
니의 고백이 결정적이었다는 말을 나는 그에게 하지 않는
다. 아들의 운동화라고 하니까, 아들의 운동화인가 보다
한다는 고백이. 당신의 아들이 신었던 운동화인지 모르겠
다던 그 솔직한 고백이.

2부

1

L의 운동화를 내 작업대로 가져오기 위해 전문 화방에서 종이 상자를 구입한다. 3센티 두께의 폴리에틸렌 폼으로 종이 상자 내부를 두른다. 이동 중 종이 상자가 흔들릴 때 L의 운동화에 가해질 진동을 최소화하기 위해서다. 두툼한 한지 뭉치와 면장갑, 폴리에틸렌 폼 조각들, 투명한 플라스틱 널빤지 두 장도 준비한다.

복원할 유물이나 예술 작품, 개인 소장품을 작업대까지 운송해 오는 작업은 무척이나 신경 쓰이는 일이다. 운송 도중에 파손되거나 분실될 우려가 있기 때문이다. 부피가 클수록, 재료가 불완전할수록, 파손 정도가 심할수록 더 세심한 장비와 주의를 요한다.

야외 조형물처럼 부피가 큰 경우에는 어쩔 수 없이 현장에 임시 작업실을 마련하고 보존 복원 작업을 진행한다.

L의 운동화는 부피는 작지만 손상이 심해 극도로 조심스럽게 다루어야 한다. 그것은 손으로 드는 것조차 불가능할 정도로 바스러지고 눌려 있다.

나는 그럴 수만 있다면 L의 운동화를 채 관장으로부터 인도받아, 내 작업대로 가져오는 날을 늦추고 싶다.

그러나 L의 운동화는 단 하루가, 한 시간이, 1분이 급하다.

L의 운동화를 내 작업대까지 운송해 오는 데 필요한 물품들 중에, 가장 중요한 무엇인가가 빠졌다는 생각이 좀처럼 떨쳐지지 않는다. 구급 침대 역할을 할 종이 상자보다 더 중요한 그 무엇인가.

L의 운동화를 내 작업대로 가져오기 위해 꼭 필요한 것. 그것이 무엇인지 곰곰이 생각해 보지만 좀처럼 떠오르지 않는다.

L의 운동화는 여전히 다른 유품들과 함께 4층 전시실 진열장 안에 전시되어 있다. 피격 당시 입었던 웃옷과 청

바지 아래에.

진열장 천장 스포트라이트들에는 불이 들어와 있다.

"L의 운동화가 가르쳐 주었습니다. 인간에게 최적인 온도와 습도가 운동화 같은 사물에도 최적이라는 것을 요."

진열장 안 온도는 외부 환경의 변화에 따라 20도에서 ±5도 변화가 있지만, 습도는 50퍼센트에서 1퍼센트 정도의 변동밖에 없다고, 채 관장은 덧붙인다.

"그럼 부디 잘 부탁드립니다."

무균의 중환자실처럼 외부 공기와 철저히 차단되어 있던 진열장이 열리는 순간, 나는 예상치 못했던 낯선 냄새에 움찔한다.

"보존제 냄새일 겁니다."

"네."

나는 중력을 거스르는 심정으로 진열장에 바짝 다가선다. 진열장 아래에는 L의 운동화를 운반해 갈 종이 상자가 묵묵히 대기하고 있다.

흰 면장갑을 낀 스스로의 손이 이물스러워 기도하듯 두 손을 슬며시 맞잡았다가 푼다.

L의 운동화는 차곡차곡 접은 흰 한지 위에 놓여 있다.

나는 이미 L의 운동화를 진열장에 진열되어 있는 그대로 내 작업대로 가져오기로 결정했다. 아이러니하게도 L의 운동화를 복원할 것인지, 말 것인지를 결정하기 전부터. 밑창에서 탈락한 조각을, 또한 점점이 흩어져 있는 부스러기들을 함께 가져오기 위해서다.

나는 투명한 플라스틱 널빤지 두 장을 하나로 겹쳐, L의 운동화가 놓인 한지 밑으로 밀어 넣는다.

널빤지를 슬쩍 들어 올린다. 조각들이 굴러떨어지거나 부스러기들이 날리지 않도록 신중을 기해 진열장에서 꺼낸다. 종이 상자 속으로 그것을 가져간다.

종이 상자 속 L의 운동화가 이동 중에 흔들리지 않도록 폴리에틸렌 폼 조각들로 빈 공간들을 채운다.

한지 뭉치로 L의 운동화를 덮는다.

동행한 한 과장이 그 모든 과정을 카메라에 담는다.

종이 상자 뚜껑을 덮을 때까지 무겁게 침묵하던 채 관장이 마침내 입을 연다.

"내가 어릴 때 암으로 돌아가신 할아버지가 생각나네요. 밀양에 사시던 할아버지를 서울 큰 병원으로 모셔서 치료를 받게 하려고, 아버지와 작은아버지들이 합심해 승합차에 태우던 광경이요. 육신이 나무토막처럼 말라 일어나 앉지도 못하는 할아버지를, 할아버지가 누워 계시던 요께 들어 승합차로 모셨어요. 미음도 소화를 못 시키고 토하던 할아버지가 승합차에 실려 고속도로를 네다섯 시간 달리셨을 걸 생각하니 끔찍하네요."

"그래서 치료를 잘 받으셨나요?"

"서울 큰 병원으로 모신 지 보름 만에 중환자실에서 돌아가셨어요. 갑자기 할아버지 이야기를 꺼낸 이유는, 그때 내가 막연하지만 할아버지가 병원에서 돌아가시겠구나 예감했고, 정말로 그렇게 되었다는 거예요. 그런데 L의 운동화는 그렇지 않을 것 같은 예감이 들어 안심이 되네요."

나는 곤하게 잠든 아기를 안는 심정으로 종이 상자를 안는다. 종이 상자가 당혹스러울 정도로 가볍다. 뚜껑을 열고 그 안에 L의 운동화가 무사히 들어 있는지 확인하고 싶은 충동마저 들 정도로. 종이 상자 속 L의 운동화가 온데간데없이 사라졌을 것 같아서. 밑창에서 탈락한 조각들과 부스러기들만 남고.

떠나기 전 나는 진열장 안, L의 운동화가 놓여 있던 자리를 몇 초간 응시한다. 진열장 천장 스포트라이트들은 변함없이 그 자리를 비추고 있다. L의 운동화가 여전히 그곳에 놓여 있기라도 한 듯.

나는 흔들림을 최소한으로 줄이기 위해 종이 상자를 가슴에 밀착시키고 나선형 계단을 조심조심 내려간다.

한 과장이 운전대를 잡고, 나는 조수석 뒤에 자리를 잡고 앉는다.

평일인데도 신촌로터리는 사방에서 몰려드는 차로 복잡하다. 신호를 세 번이나 받고서야 신촌로터리를 간신히 벗어난 차는 시속 60킬로를 고집스럽게 유지하면서 달린다. 광역버스가 깜빡이도 켜지 않고 우리 차 앞으로 끼어든다. 한 과장은 좌회전이나 우회전을 해야 하는 경우가 아니고서는 차선을 바꾸지 않는다. 우리 차 뒤에 바짝 붙어 따라오던 검은 승합차가 답답한지 경적을 울린다.

차 안에서도 나는 종이 상자를 내려놓지 않는다. 그것이 엄마 품을 떠나는 순간 울고 보채는 잠투정이 유난히 심한 아기라도 되는 듯.

"이 차에 누가 타고 있는지 사람들은 모르겠지요?"

한 과장이 룸미러를 통해 나를 흘끔 쳐다본다.

"누가 타고 있지?"

"L이요."

L의 운동화는 그러나 L이 아니다. L의 운동화가 신화화되어서는 안 된다. L이 그의 유품인 운동화에 집어삼켜져서는.

2

　대개의 경우 복원 작업에 들어가기 전에 분석과 진단
이 이루어진다. 그러나 L의 운동화는 그 둘을 동시에 진
행할 수밖에 없다.

　조 선배의 말대로 L의 운동화는 사망 선고가 내려진 육
체나 마찬가지다. 죽어 가는 과정에 있는 육체가 아니라
죽은 것이나 마찬가지인 육체.

　우레탄, 합성피혁, 스펀지. 그것이 L의 운동화를 구성
하고 있는 주요 소재다.

　우레탄 소재의 밑창은 열화가 심해 가루로 부스러지고
있다. 밑창 굽 부분은 아예 조각조각 해체되어 탈락했다.

조각들 역시 부스러지고 있다. 본체를 이루는 PVA 소재 합성피혁은 뒤집힌 상태로 오래 보관해 심하게 눌리고 꺾여 있다. 황변이 심하고, 열화의 한 증상인 끈적임이 있다.

열화(劣化)는 물질이 열, 빛, 산소, 오존, 물, 미생물 등의 자극으로 손상을 입는 현상이다. 고분자의 짜임이 끊어지고 이어지는 등 화학 구조 및 응집 상태가 변화하기 때문에 열화가 일어난다. 열화로 인해 면발처럼 길게 연결되어 있던 우레탄이 자잘하게 끊어지면서, 밑창이 내부에서부터 터지고 갈라진 것이다.

우레탄의 열화는 일단 진행이 되면 되돌리는 것도, 중단시키는 것도 불가능하다. 그럴 경우 경화(硬化)가 최선책이다.

경화는 궁극적으로 박제와 다를 게 없다. 그러므로 L의 운동화를 복원하는 것은, 그것을 박제 처리하는 것이나 다름없다.

L의 운동화는 지금 내 작업대 위 투명한 플라스틱 상자 속에 들어 있다. 아기를 누일 요람을 고르는 심정으로 골라서일까. 플라스틱 상자가 요람 같다.

작업대 옆 조명등 불빛이 집요하게 플라스틱 상자를 비추고 있다.

밑창 소재를 정확하게 알기 위해 밑창 조각을 분석한다. 마른 식빵 부스러기 같은 조각을 분석한 결과 폴리에스터우레탄으로 추정된다. 우레탄, 또는 폴리우레탄이라고도 하지만 나는 기록상 폴리에스터우레탄으로 명칭을 통일한다. 폴리에스터우레탄은 운동화 밑창에 흔히 쓰이는 소재다.

밑창에서 탈락한 조각들은 크기가 다양해서 정확한 개수를 세는 것이 불가능하다. 100여 개의 조각. 그렇게밖에는 달리 설명할 방법이 없다.

나는 조각들을 세 그룹으로 나누어, 밥공기 크기의 플라스틱 용기 속에 따로 분류해 담는다. 그나마 큰 조각들, 중간치 조각들. 조각이라고도, 가루라고도 할 수 없는 자잘한 조각들.

지우개 가루보다 작은, 볼펜으로 마구 찍은 점처럼 어지럽게 흩어져 있는 가루들은 모아서 따로 용기 속에 담는다.

나는 아직 L의 발 치수를 모른다. L의 운동화를 뒤집고 그 안을 들여다보는 것이 불가능하기 때문이다.

3

　말로 설명하기 어려운 그 어떤 냄새, 평상시 떠도는 냄
새와는 근원적으로 다른 그 어떤 냄새가 작업실에 떠돈
다. 작업실에 떠도는 냄새는 대개 휘발성 화학 약품이 풍
기는 냄새로, 나는 그 냄새들에 익숙하다. 냄새만으로 약
품의 종류를 알 수 있을 정도로.

　작업실에는 화학 약품 말고는 특별히 냄새를 풍길 만
한 게 없다. 화학 약품들은 안전하게 밀봉되어 있다. 더구
나 두 달 넘게 나는 그 어떤 작업도 하지 않았다. 작업실
에 떠도는 냄새는 그러므로 화학 약품이 풍기는 냄새가
아니다. 화학 약품 냄새라면 차라리 거슬리지 않았을 것
이다. 화학 약품 냄새에 민감한 복원가들도 있지만 나는

무딘 편이다. 화학 약품에 알레르기가 있거나, 발암 성분이 있는 화학 약품에 장시간 노출되어 피부병으로 고생한 적이 있는 복원가들이 부러워할 정도다. 보존·복원 작업에 흔히 사용하는 화학 약품들이 띠는 냄새는 대개 휘발성으로, 알코올 냄새와 비슷하다.

작업실에 떠도는 냄새는 퀴퀴하니, 음식물이나 짐승의 사체가 썩고 부패하는 냄새에 가깝다.

창문을 열어 환기를 시키고 공기청정기를 하루 종일 돌려도 냄새는 잡히지 않는다.

냄새는 내 작업실뿐 아니라 보존연구소 복도와 로비, 회의실, 회화 복원실에도 떠돈다. 심지어 탕비실에도.

나는 냄새의 발원지를 찾아 보존연구소 구석구석까지 주의 깊게 살피고 돌아다닌다. 탕비실 냉장고 안에 들어 있는 내용물들까지 일일이 살피고 나서야 겨우 냄새의 발원지를 알아낸다.

냄새의 발원지는 내 작업실 작업대 위 L의 운동화다.

L의 운동화가 집요하게 냄새로 자신의 존재를 알리고 있었던 것이다.

도무지 납득이 안 되던 냄새가, L의 운동화가 풍기는 냄새라는 사실이 당혹스럽다. 그럴 수밖에 없는 것이, L의 운동화는 인공 유기물이다. 물질이 변해 갈 때는 징후가 있기 마련이다. 열화와 멸화가 일어나 물질이 바스러져 가거나, 삭아 가거나, 썩어 갈 때는. 징후는 대개 색깔과 냄새로 나타난다. 보통의 운동화가 그렇듯, L의 운동화 역시 합성수지로 만든 인공 유기물이다. 인공 유기물은 썩을 때 화학 약품 냄새를 풍기기 마련인데 L의 운동화는 자연 유기물인 짐승이 부패하는 냄새를 풍기고 있는 것이다.

생각해 보면 물질이 소멸하는 과정은 인간이 소멸하는 과정과 닮았다. 인간의 육체가 병들고, 죽고, 소멸하는 과정과.

L의 운동화가 풍기는 냄새는 조금도 희미해지지 않고 보존연구소 전체에 집요하게 떠돈다. 오히려 시간이 갈수록 짙어진다. 그 냄새 때문에 신경이 곤두선다. 냄새에 도무지 적응이 안 된다.

문과 실습생 최가 L의 운동화를 보기 위해 내 작업실을 다녀간다. 최는 자신보다 나이가 많은 운동화에 흥미를 보인다. 운동화를 어떻게 복원할 계획인지 내게 이런저런 질문을 던지던 그는 갑자기 고개를 갸웃거린다.

"그런데 운동화를 꼭 복원해야 하나요?"

1989년생인 그는 L에 대해 잘 모른다. L과 동문인 문이, L이라는 개인이 어떠한 의미와 상징을 갖는지 장황하게 설명한다.

"그럼 저 운동화는 역사적인 기록물에 해당하나요?"

"그렇지. 유형 기록물이지."

문이 나를 대신해 대답한다.

이튿날 L의 운동화를 보기 위해 작업실을 찾은 강 선배에게 나는 냄새 때문에 받고 있는 스트레스를 하소연한다.

"냄새?"

강 선배가 되묻는다.

"냄새요⋯⋯."

"어떤 냄새 말인가?"

"작업실에 떠돌고 있는 냄새요⋯⋯."

"어떤⋯⋯?"

"선배한테는 지금 이 냄새가 안 맡아져요?"

그러고 보니 문도, 최도, 한 과장도 냄새에 대해 그 어떤 말도 하지 않았다. L의 운동화가 풍기는 냄새가 내게만 감지되는 것일까?

오후에는 한 과장이 다녀간다. 그녀는 내가 언제까지 그것을 복원해야 하는지 일깨워 주고 작업실을 떠난다.

L의 운동화 앞에는 또다시 나 혼자 남겨진다. 그것이
풍기는 냄새는 더 짙어져 있다.

4

냄새를 견디는 게 힘들지만 그것 때문에 복원 작업을 지체할 수는 없다. L의 운동화에 가장 시급하게 실시해야 하는 작업은 재질 강화다. L의 운동화 본체와 밑창에서 탈락한 조각들을 경화시켜야 한다. 그것은 복원의 한 과정이자, 복원 전 선행되어야 하는 작업이기도 하다.

가장 먼저 폴리에스터우레탄인 조각들을 굳히기 위해 파라로이드를 주입하기로 한다. 파라로이드는 고체로 존재하기 때문에 그 자체를 주입하는 것은 불가능하다. 자일렌에 파라이로드를 넣고 녹여 액체 상태로 주입하는 수밖에 없다. 비율을 100 대 7로 한다. 보통은 비율을 100

대 10으로 하지만, 작업을 하는 동안 자일렌이 휘발되어 끈적끈적해지는 경우를 감안해서 파라로이드 양을 적게 한 것이다.

자일렌에 녹인 파라로이드는 처음에는 미끌미끌하지만 자일렌이 증발하면서 점차 끈적끈적해진다.

나는 큰 조각들부터 파라로이드 충전을 해 나간다.

액체 상태로 존재하는 파라로이드를 폭이 0.3센티도 안 되는 붓으로 찍어 조각으로 가져간다. 정조준하듯 조각 바로 위로. 적당한 거리를 두고 파라로이드를 떨어뜨린다.

붓에서 떨어진 파라로이드가 스며들면서 조각이 서서히 굳는다.

복원 작업에서 흔히 쓰이는 물질인 자일렌 냄새를 못 견디고 복원가의 길에서 돌아선 이를 나는 알고 있다. 발암 물질인 자일렌 냄새를 맡을 때마다 자신의 몸에 암세포가 퍼지는 것 같다고 호소하던 그는 남들은 감지 못하는 냄새를 잘 맡았다. 보통 사람과 비교가 안 될 정도로 발달한 후각은 화학 약품이나 인공 유기물로 만들어진 물질이 발산하는 냄새에 특히나 민감했다. 냄새에 민감하다는 것은 결국 냄새에 취약하다는 뜻도 되었다. 플라스

155

틱이나 고무 재질의 새 물건들조차 못 견뎌하던 그는 화학 약품들 냄새를 극복하지 못하고 결국은 복원가의 길에서 돌아섰고 환경 전문가가 되었다. 4대강 사업이 한창일 때 그가 그것에 반대하는 동의서를 받기 위해 보존연구소에 들른 적이 있었다. 수년 만에 만난 그는 눈에 띄게 말라 있었지만 그 어느 때보다 건강하고 행복해 보였다. 채식을 시작한 뒤로 몸무게가 8킬로 가까이 줄었다는 그는 자신이 대학교에서 조소를 전공한 것도, 방송통신대학교에서 화학을 공부한 것도, 한때 복원가로 일했던 것도, 환경 전문가가 되기 위한 준비 과정이었던 것 같다고 말했다. 울산이 한창 공업 도시로 성장할 때 그곳에서 어린 시절을 보낸 것도.

한 사람의 인생을 좌우하고 결정짓는 것은 시차(時差)를 두고 일어나는 여러 우연들이 모여 만들어 내는 조화가 아닐까. 그 조화에 달려 있는 게.

자일렌은 표면장력이 약하다. 표면장력은 액체의 표면이 스스로 수축해 가능한 한 적은 면적을 취하려 하는 힘이다. 표면장력이 약하다는 것은 따라서 잘 스며든다는 뜻이기도 하다. 물은 의외로 표면장력이 센 편이다. 물로 바위를 뚫는 것이 가능한 것은 물이 그만큼 표면장력이

세기 때문이다. 종이에 동시에 떨어뜨렸을 때 물은 방울
져 있다가 천천히 지름을 넓히면서 스며들지만, 자일렌은
곧장 스며든다. 자일렌이 경화제로 유용하게 쓰이는 것은
그 때문이다.

세숫대야를 뒤집어 놓은 것 같은, 투명한 공기정화기
아래서 작업을 한다. 작업을 하는 동안 공기정화기는 자
일렌과 파라로이드가 내뿜는 독성을 빨아들인다.

붓으로 파라로이드를 찍어, 밑창 굽에서 탈락한 조각들
에 떨어뜨리는 작업은 단순하지만 고도의 집중을 요한다.
조각들은 하나같이 바스러지기 직전으로 파라로이드가
떨어지는 순간에 가해지는, 지극히 미미한 충격도 감당하
기 어려운 상태다.

파라로이드를 한 방울 떨어뜨리고 난 뒤 잠자코 지켜
본다. 그것이 제대로 스며드는지 확인하고 나서야 또 한
방울을 떨어뜨린다.

파라로이드를 한 방울 떨어뜨리고, 또 한 방울을 떨어뜨
리기까지 15분가량이 소요된다. 15분이 15년처럼 길게 느
껴진다.

파라로이드를 주입해 하나의 조각을 굳히는 데 서너
시간이 걸린다.

마름모꼴의, 바둑알보다 조금 큰 조각으로 붓을 가져간다. 붓이 수혈하듯 떨어뜨린 파라로이드가 조각에 스며든다.

붓에 다시 파라로이드를 찍어 조각으로 가져가던 나는 움찔한다.

번개가 치듯, 조각에 금이 간다.

하나이던 조각이 두 개가 된다.

잘 굳나 싶던 조각이 바스러진다. 바스러지는 조각을 나는 속수무책의 심정으로 바라볼 뿐이다.

L의 운동화는 여전히 내게 요셉 보이스의 죽은 토끼를 떠오르게 한다. 모두가 L의 운동화를 구경하기 위해 내 작업실에 다녀가는 동안, 그녀는 자신의 작업대를 고집스럽게 지킨다. L의 운동화가 지금 내 작업대 위에 있다는 사실을 그녀만 모르는 게 아닐까. 내 작업대 위 L의 운동화를 보고도 그녀가 「잠이 든 뮤즈」를 떠올릴지 궁금하다.

나는 L의 운동화를 연구실 내 작업대로 가져오기 위해 중요한 무엇인가가 빠졌다는 생각을 떨치지 못한다. L의 운동화를 내 작업대로 가져온 지 닷새가 지났는데도.

L의 운동화를 지켜보는 시간이 더 길다. 그것을 만지는 시간보다 조용히 지켜보는 시간이.

L의 운동화는 여전히 플라스틱 상자 속에 들어 있다. 활성탄들과 스티로폼과 온도계와 습도계와 함께, 진열장에 넣어져 있을 때처럼 밑창을 위로 향하고서. 진열장 L의 운동화가 놓여 있던 자리에 L의 운동화를 찍은 사진을 놓아두었다던가. 빈 공간으로 두려니 허전해서.

플라스틱 상자 속 온도는 23.7도, 습도는 57퍼센트다. 온도가 24도를, 습도가 60퍼센트를 넘지 않도록 나는 각별한 주의를 기울인다.

활성탄은 목재 등 탄소 물질을 태워서 만든 흡착성 강한 탄소질 물질로, 무수한 구멍으로 이루어진 다공체(多孔體)다. 무정형, 분말, 입상 등의 형태를 띠는데 분말인 것은 각종 용액과 식품류의 탈색과 탈취와 정제용으로, 입상인 것은 페놀, 수은, 세제의 제거에 사용된다. 내가 선택한 것은 분말 형태의, 파스 크기만 한 활성탄이다.

조각들을 굳히는 틈틈이 L의 운동화 밑창에도 파라로이드를 떨어뜨려 경화시킨다.

L의 운동화가 풍기는 냄새는 희미해지기는커녕 점점

짙어진다. 그 냄새에 내 의식이 마비되는 것 같은 착각이
들 정도로.

작업실 문을 열고 들어설 때마다 나는 냄새를 극복하
기 위해 애쓴다.

조각들을 굳히는 데 꼬박 일주일이 걸린다.

파라로이드를 주입하는 과정에서 파손된 조각들 때문
에 마음이 무겁다.

굳을 때까지 좀 더 인내심을 가지고 기다렸더라면, 손
을 덜 떨었더라면, 하는 후회가 어쩔 수 없이 밀려든다.

5

L의 운동화 밑창 두 군데에 구멍을 뚫던 날, 독일은 93세의 나치 친위대 SS대원을 법정에 세운다.

SS대원에서 피고인으로 법정에 선 오스카 그로닝은 은행원으로 일하다 19세 되던 해인 1940년 나치 친위대에 지원, 1942년부터 1944년까지 폴란드 아우슈비츠 수용소 경비원으로 일했다. 그의 죄목은 1944년 5월 16일부터 7월 11일 사이에 자행된 학살을 방조한 혐의다. 57일 동안 아우슈비츠 수용소에서는 그곳으로 끌려온 헝가리 유대인 43만 명 중 30만 명이 사망했다. 경비원으로 그곳에서 2년을 근무하는 동안 그는, 수용자들이 도착하면 짐을 압수한 뒤 돈이 될 만한 금품을 골라내 독일로 보내는 업무를 담당했다. 아우슈비츠 수용 유대인들을 가스실로 보내 집단 학살하는 데 직접 관여하지는 않았지만 협력한 공범으로 그는 법정에 섰다. 독일 검찰은 1978년부터 그에 대한 수사를 벌였지만 1985년 증거 부족으로 기소를 포기했다가 30년이나 지난 2015년, 증인 5명과 60여 명의 아우슈비츠 생존자와 방청객들이 지켜보는 가운데 그를 마침내 법정으로 불러낸 것이다.

판사의 "할 말이 있느냐"는 질문에 그는 "도덕적으로 죄가 있다는 것은 의문의 여지가 없다"며 "법적으로도 그러한지는 법원이 판단할 일"이라고 대답했다고 했다. 그로닝에 대한 공판은 6월 말까지 이어질 예정으로, 유죄가 판결되면 그는 3년에서 15년의 형기를 살게 될 것이라고 했다.

15년의 형기가 선고될 경우 93세인 그는 형기를 채우는 중에 생을 마감할 수도 있다.

L의 운동화 밑창에 구멍을 뚫기 위해 내가 선택한 도구는 일반적으로 사용하는 주사기다. 주사기는 보존·복원 작업을 할 때 흔히 쓰이는 도구다. 주사기뿐 아니라 온갖 의료용 도구들을 나는 즐겨 사용한다. 치과용 의료 도

구들은 0.01센티를 다투는 정밀한 작업을 할 때 특히 요긴하다.

최소 두 군데에 구멍을 뚫을 수밖에 없다는 판단을 내리고, 구멍 뚫을 자리를 고르기까지 나흘이 걸린다. 손으로 들 수조차 없는 지경인 L의 운동화에 구멍을 뚫는 것은 치명적이다. 균열이 심해 붕괴 위험이 있는 벽에 창문을 내는 것이나 마찬가지이지만, 물질을 주입하기 위해 불가피한 선택이다.

말하자면 나는 '전체'를 살리기 위해 '부분'을 죽이기로 한 것이다.

엄밀히 말해 구멍을 뚫는 것이 아니라, 이미 나 있는 균열을, 틈을 확장시키는 것이다. L의 운동화 밑창에는 난도질을 한 듯 무수한 균열이 가 있다. 틈에 주사기의 '바늘 끼우는 구멍'을 밀어 넣으면, 그 틈이 벌어지면서 구멍이 저절로 발생할 것이다.

밑창에서 가장 약해져 있는 곳 두 군데를 가려내 구멍 뚫을 자리로 정한다. 가장 약해져 있는 부분부터 살려 나가야 하기 때문이다.

앞코 가까이 한 군데.

바깥쪽 가장자리 근처 한 군데.

앞코 쪽부터 구멍을 뚫기로 한다. 주사기를 비스듬히 기울이고, '바늘 끼우는 구멍'을 틈으로 찔러 넣으면서 나도 모르게 숨을 참는다. 주사기의 '바늘 끼우는 구멍'이 만신창이인 자신을 찔러 오는데도 L의 운동화는 비명은 커녕 신음 소리조차 내지 않는다.

극도로 긴장한 내 온 신경과 감각이 주사기를 잡은 손으로 쏠린다. 주사기로, 주사기의 '바늘 끼우는 구멍'으로, 그것이 비집어 들어가려는 틈으로, 틈이 벌어지면서 자연스럽게 발생한 구멍 속으로.

L의 운동화와의 첫 교감은 그렇게 주사기라는 도구를 통해 이루어진다.

L의 운동화에서 주사기를 거두고 구멍을 노려본다. 구멍이 피를 토하기라도 할까 봐. 지난 28년 동안 삼키지도, 뱉지도 못하고 머금고 있던 썩은 피를 울컥울컥…….

두 번째 구멍을 뚫고 나서도, 나는 한참 그 구멍을 노려본다. 그 구멍에서 피가 토해지기를 바라는 심정으로. 두 번째 구멍은 첫 번째 구멍보다 크다. 세로로 길게 구멍이 생긴다.

먼저 뚫은 구멍과 뒤이어 뚫은 구멍의 거리는 6센티다.

방조한 혐의. 그것이 1944년으로부터 70년이나 지난 오늘, 93세의 오스카 그로닝에게 내려진 죄목이었다. 역사적인 기록으로 남을 재판 과정을 담은 사진 속 그는, 93세라는 나이가 믿기지 않을 정도로 혈색이 맑고 눈빛이 또렷했다. 옷차림은 단정하고 우아했다. 70년은 한 인간의 생애와 맞먹는 시간일 뿐 아니라, 내 아버지가 살다 간 햇수보다 무려 6년이나 긴 시간이었다.

"선은 절대 분노로부터 오지 않는다. 호의는 언제나 분노를 이긴다."

그로닝의 공판에 참석한 증인 다섯 명 중 한 명인, 81세의 아우슈비츠 생존자는 그렇게 말했다. 아우슈비츠에서 끔찍하고 고통스러운 인체 실험을 겪은 그 생존자는 자신이 증인으로 참석한 법정에서 돌연 피고인인 그로닝에게 다가갔다. 그러자 그로닝은 자신에게 다가온 생존자의 뺨에 키스를 하고, 두 팔을 벌려 끌어안았다. 법정에 모인 사람들을 놀라게 한 그 행동을 두고 생존자는 "자신이 저지른 일에 책임감을 느낌으로써 인간다운 품위를 보여 준 것에 감사를 표하기 위해서"였다고 진술했다. 그것이 "계획된 일"이 아니라 "두 인간이 교감하는 순간에 벌어지는 그런 일"이었다고. 생존자는 또한 자신의 페이스북에 그로닝과 손을 맞잡고 있는 사진을 올리고 다음과 같은 설명을 달았다.

"많은 이들이 이 사진 때문에 나를 비난하리라는 걸 알고 있어요. 그것이 뭐 어떤가요. 학살이 벌어진 지 70년이 흘러 만난 두 인간일 뿐이에요. 선의의 행위를 어째서 분노 때문에 거부해야만 하는지, 나는 살아오는 동안 이해할 수 없었어요."

생존자는 그러면서도 그를 거대한 살인 기계의 작은 나사로 보았고, 기계는 작은 나사 없이는 움직일 수 없다는 의미심장한 말을 했다. 나치 전범인 그가 홀로코스트에서 벌인 짓들에 대해 설명을 해야 한다는 입장에는 변함이 없었던 것이다. 그로닝은 그동안 아우슈비츠에 근무하면서 유대인 학살을 목격했다고 여러 차례 증언했다. 다큐멘터리에 출연해 "홀로코스트를 부인하는 이들에게 내가 목격한 가스실과 소각장을 증언하는 게 내 책임"이라고 밝히기도 했다.

강 선배와 문, 최, 한 과장이 회의실에 모여 있다. 한 과장이 외근을 다녀오는 길에 사 온 간식들이 탁자에 널려 있다. 평소 시사적인 문제에 관심이 많은 문이 오스카 그로닝 이야기를 꺼낸다. 그는 93세의 나치 전범을 법정에 세우는 독일인들에 대해 경탄한다. 이성적이고 합리적인 독일인들의 민족성이 부러울 때가 있다고 말한다.

"자신들의 아버지가 법정에 서는 모습을 그의 자식들도 지켜보았겠지?"

강 선배가 모두를 향해 묻는다.

"93세라니까, 제때 결혼했으면 자식들도 나이가 꽤 되었겠어요."

한 과장이 샌드위치가 든 용기 뚜껑을 열다 말고 말한다.

"질량 보존의 법칙처럼, 죗값 보존의 법칙이 있는 것 같아."

"죗값 보존의 법칙이요?"

최가 샌드위치를 입으로 가져가며 강 선배에게 묻는다.

"아침에 그 신문기사를 읽으면서 문득 그런 생각이 들더군. 치러야 하는 죗값이 100그램일 경우, 100그램에서 결코 줄어들지 않는다는 생각이 말이야. 단지 죗값을 치러야 하는 기간이 연장되는 것뿐이지, 줄어들지는 않는 것 같거든……. 당장은 아니더라도 죗값을 치러야 하는 때가 언젠가는 오는 것 같아. 죗값이 100그램일 경우 20그램밖에 치르지 않았다면 언제가 80그램을 치러야 하는 때가 반드시 오는 게 아닌가 싶어."

"100그램에서 단 1그램도요?"

최가 진지하게 묻는다.

"1그램도."

강 선배가 낮지만 분명하게 중얼거린다.

"너무 단순한 논리 아니에요?"

최가 반발한다.

"단순한 논리가 아니라 무서운 논리 같은데."

문이 어깨를 으쓱해 보인다.

"그런데 이소연 선생은?"

강 선배가 화제를 돌리려는 듯 한 과장에게 묻는다.

"오늘 출근 안 했어요."

"무슨 일 있나?"

강 선배의 목소리에 걱정하는 빛이 묻어난다.

"이소연 선생님이 어디 말을 하는 사람인가요? 어제는 오후 2시가 다 되어서야 출근했어요. 6시쯤 저녁이라도 같이 할까 싶어서 들여다보았는데 그새 퇴근하고 없더라고요."

한 과장은 뭔가 더 말을 하려다 만다.

복원 일의 특성상 복원가들의 출퇴근은 자유롭다. 나만 해도 고도의 집중을 요하는 작업은 주로 밤에 한다. 복원 일이라는 게 극기에 가까운 인내심과 몰두를 요한다. 순간의 몰두뿐 아니라 지속적인 몰두를.

"지금이라도 다른 복원가를 알아봐야 하는 거 아니

야?"

문이 동의를 구하기 위해 강 선배와 나를 번갈아 바라
본다.

강 선배는 섣불리 그녀를 감싸고 나서지 않는다. 복원
일이 인정으로 가능한 일이 아니라는 걸 잘 알기 때문일
것이다.

복원 일은 기술뿐 아니라 특별한 성품을 요한다. 성실
은 기본이고 섬세해야 하며 주도면밀한 면이 있어야 한
다. 나는 그녀에게 주도면밀한 데가 있는지 모르겠다. 당
사자인 그녀 쪽에서 상의를 해 올 때까지 기다려 보기로
합의를 보고 나서야 나는 회의실을 나선다.

밤 10시쯤 복도를 걸어가던 나는 멈칫한다. 그녀가 작
업대 앞을 지키고 앉아 있다. 내내 그렇게, 한시도 떠나지
않고 앉아 있었던 것처럼.

6

L의 운동화를 복원·보존 처리하는 과정을 단계별로 정리해 본다. L의 운동화를 작업대로 가져오기 전에 나는 이미 일련의 과정을 백 번도 넘게 머릿속으로 정리해 보았다. 수십, 수백 번 반복해서 정리하다 보면 순서가 바뀌기도 하고, 미처 생각 못하고 넘어간 세부적인 부분들이 떠오르기도 한다. 복원에 들어가기 전, 시뮬레이션을 돌리듯 그 전 과정을 머릿속으로 반복하는 것은 중요하다. 그렇게 해야만 실수를 줄일 수 있다. 복원 작업 도중에 발생하는 실수는, 수술 도중에 발생하는 의료사고나 마찬가지다.

최선의 복원 방향을 찾는 것은 만만치 않다. 방향을 찾는 데만 수개월이 걸리기도 한다. 때때로 여러 방향이 한꺼번에 떠오르기도 한다. 복원 작업 중에 더 나은 새로운 방향이 떠오르는 경우도 더러 있다.

과정은 크게 다섯 단계로 정리된다. 경화, 메우기, 형태 고정, 색 맞추기, 클리닝, 코팅.

'경화'는 이미 진행 중인 작업으로 밑창에서 떨어진 조각들과 밑창을 굳히고 고정하는 과정이다. 경화가 어느 정도 진행되면, 밑창을 반듯하게 펴는 작업을 동시에 진행할 것이다.

'메우기'는 밑창의 결손된 부분들, 금 가고 구멍 난 곳을 화학 약품으로 채우는 과정이다. 밑창 굽 부분에서 떨어진, 파라로이드를 주입해 굳힌 조각들을 맞추는 작업도 이 단계에서 진행할 것이다.

'형태 고정'은 본체의 형태를 고정하는 과정으로, 형태를 잡아 주기 위해서는 발 모양의 내부 보형물이 필요하다.

'코팅'은 복원한 운동화를 영구 보존하기 위해 실시하는 것으로, 밑창 코팅과 본체 코팅으로 나누어서 작업할 계획이다.

경화 단계에서 필요한 물질은 세 가지다. 자일렌, 파라로이드, 에폭시수지. 엄밀히 따지면 셋 다 경화제로, 결국은 한 가지다.

밤 11시, L의 운동화를 혼자 감당해야 한다는 사실이 무겁게 나를 짓누른다.

L의 운동화가, 수년 전 보존 처리한 야외 조형물보다 거대하고 까다로워 보인다. 청동으로 제조한 5층 높이의 그 야외 조형물에 접근하기 전 나는 댐이나 터널 같은 건설 현장에서 일하는 인부처럼 안전 장비를 단단히 갖추어야 했다.

L의 운동화에 접근하기 위해 나는 고작 양손에 위생 장갑을 착용한다. 그런데 온몸에 묵직하고 거치적거리는 안전 장비를 주렁주렁 착용한 것처럼 L의 운동화에 한 발짝 더 다가가기가 힘들다.

작업 방식을 따지자면 나는 여럿이 함께 하는 협업보다 혼자 하는 작업이 기질에 맞다. 불가피한 경우가 아니고서는 처음부터 끝까지 혼자 작업한다. 대형 야외 조형물의 보존 처리와 복원 작업에 흥미를 느끼는 문은 협업을 선호한다.

고무 재질의 백색 위생 장갑을 착용한 손이 이물스럽

게 느껴지는 게 내 손이 아니라 다른 누군가의 손 같다. 내 의지를 벗어나 있는.

나는 중압감을 겨우 떨치고 에폭시수지가 든 용기 뚜껑을 개봉한다. 용기에서 스멀스멀 올라와 서서히 작업대에 떠도는 에폭시수지 특유의 냄새를 맡는다.

투석을 기다리는 신부전증 환자처럼 L의 운동화는 아무 말이 없다.

L의 운동화를 플라스틱 용기에서 꺼내지 않고 작업을 진행한다. 전시실 진열장 안에 진열되어 있던 상태 그대로.

밑창에 낸 두 개의 구멍 중 세로로 길게 낸 구멍으로 주사기를 가져간다. 주사기의 '바늘 끼우는 구멍'을 구멍 속에 끼운다. 눈금 표시가 되어 있는 주사기 겉통에는 에폭시수지가 3분의 1 정도 차 있다. 주사기의 엄지누름대를 천천히 누른다. '바늘 끼우는 구멍'에서 토해진 에폭시수지가 밑창에 낸 구멍 속으로 스며드는 것이 느껴진다. 스며들자마자 퍼져, 밑창에 벌집처럼 분포한 미세한 틈―공간들 속으로 스며드는 것이.

나는 잠시 뜸을 들였다가 다시 에폭시수지를 주입한다.

에폭시수지를 주입하고 멈추기를 반복한다. 6밀리리터

를 겨우 주입하고 주사기를 거둔다.

에폭시수지 주입에 주사기를 사용하는 것은 극소량씩 주입하기 위해서다. 한꺼번에 많은 양을 주입하는 것은 치명적이다. L의 운동화는 극소량만 받아들일 수 있다.

주사기를 내려놓고 위생 장갑을 벗는다.

온도와 습도를 체크하고 플라스틱 상자 뚜껑을 닫는다. 에폭시수지를 주입하는 내내 긴장하고 있었던 탓에 극심한 피로가 몰려온다. 작업대를 집요하게 비추고 있는 스탠드를 끄고 나서도 나는 작업대를 떠나지 못한다.

새벽 4시가 다 되어서야 작업실을 나선다.

꼬박 하루가 지나서야 나는 다시 작업대 스탠드를 밝힌다. 전날 에폭시수지를 주입한 부분을 면봉으로 눌러 얼마나 굳었는지 확인한다. 완두콩알 정도의 면적이지만, 단단해져 있는 것을 확인할 수 있다.

주사기로 에폭시수지를 한 차례 주입하는 데 드는 시간은 5초에 불과하지만, 그 한 방울을 주입하기 위해 내가 마음을 다잡아야 하는 시간은 다섯 시간이다.

자일렌 냄새나 에폭시수지 냄새가 L의 운동화가 풍기

는 냄새를 잡아 줄 거라는 내 예상은 빗나간다. L의 운동화는 여전히 그 어떤 물질에서도 맡아 본 적 없는, 내가 여태 경험한 적 없는 기이하고 불온한 냄새를 풍긴다. 죽은 짐승의 사체 썩는 냄새와 비슷하다는 것 말고, 그 냄새를 달리 설명할 수 있을까.

밑창에 에폭시수지를 주입한 지 사흘째 되던 날 금을 발견한다. 에폭시수지가 든 주사기를 L의 운동화 밑창으로 가져가던 나는 방금 발견한 금을 보고 흠칫한다.

밑창 중간에, 낚싯줄 굵기의 금이 2센티쯤 가 있다.

나는 주사기를 거두어들인다. 밑창에 두 개의 구멍을 낼 때 발생한 금이거나, 에폭시수지를 주입할 때 발생한 금이다. 아니면 주입한 에폭시수지가 굳을 때 발생한.

나는 기껏 착용한 위생 장갑을 벗고 금이 더 진행되는지 지켜본다. 금이 살아 있는 벌레 같다. 살아서 꿈틀거리는 것 같다.

혹시나 내가 미처 발견하지 못한 또 다른 금은 없는지 밑창을 세심히 살핀다. 육안상으로는 없다.

금이 더는 진행되지 않는다는 것을 확인하고 나서야 에폭시수지를 주입한다.

7

이틀 동안 플라스틱 상자 속 온도와 습도를 확인하는 것 외에는 아무것도 하지 않는다. 복원 작업을 중단한 것은 아니다.

나는 지켜보는 중이다.

L의 운동화는 싸우고 있었다. 살기 위해서.

살고 싶어 하는 '의지'가 L의 운동화에 발생한 것이다.

8

　일요일 오후, 보존연구소를 찾은 채 관장에게 L의 운동
화를 보여 준다. 전날 나는 그녀에게 보존연구소에 들러
줄 것을 요청하는 메일을 보냈다. L의 운동화를 복원하는
작업이 어느 정도 진행되었는지 그녀가 궁금해하리라는
생각이 들어서였다.

　채 관장은 에폭시수지를 주입해 밑창을 경화시킨 L의
운동화에서 눈길을 거두지 못한다.

　"의지가 발생했습니다."

　"의지요?"

　"살고 싶어 하는 의지요."

　"이겨 낼 줄 알았어요."

나는 그녀에게 지금까지 L의 운동화에 실시한 작업에 대해 구체적으로 알려 주고, 앞으로 실시할 작업에 대해 설명한다. 작업 중에 밑창에 간 금과 인위적으로 낸 두 개의 구멍에 대해서는 조금 더 자세히 이야기한다.

"그것이 최선의 방법이니까, 그렇게 하셨겠지요."

"모르겠습니다. 그것이 최선의 방법이었는지. 그것이 최선의 방법이었다고 말씀드릴 수는 없지만…… 제 판단으로는, 그러니까 제가 할 수 있는 선에서는 그것이 최선의 방법이었다고 말씀드릴 수 있을 것 같군요."

복원 작업을 할 때 가장 난감한 경우는, 최선이라고 생각했던 방법보다 더 좋은 방법이 뒤늦게 떠오를 때다.

일단 진행하면 번복이 어렵기 때문이다. 내가 L의 운동화에 뚫은 두 개의 구멍과 그 구멍을 통해 주입한 에폭시수지는 되돌릴 수 없는 것이다.

채 관장은 하루 종일 물과 김밥 한 줄 말고는 먹은 게 없다면서, 내게 저녁을 함께 할 수 있는지 묻는다.

"그러고 보니 저도 하루 종일 물과 식빵 말고는 먹은 게 없군요."

보존연구소 근처, 삼계탕 전문 식당은 식사 때가 아니라서 한산하다. 복날이면 30분 넘게 줄을 서서 기다려야만 먹을 수 있을 정도로 맛집으로 소문난 곳이다.

주문한 삼계탕이 나오기를 기다리는 동안 채 관장은 내게 죽은 새 이야기를 들려준다.

"길을 가다가 죽은 새를 만난 적이 있어요. 참새처럼 작은 새가 발에 차이지 않고, 밟히지 않고 보도블록 위에 떨어져 있었어요. 마침 주머니에 넣고 다니던 손수건이 있어서 그것으로 새를 감싸, 외투 주머니 속에 넣었어요. 24시간 하는 분식점 통유리 너머, 머리에 흰 수건을 두른 여자가 김밥을 말면서 내가 하는 행동을 수상스럽다는 듯 지켜보던 게 기억나네요. 모임 자리에 들렀다 자정 즈음 집으로 돌아와 외투를 벗어 장롱 속에 걸고는 깜빡했어요. 길에서 주운 죽은 새가 내 외투 오른쪽 주머니 속에 들어 있다는 것을요. 때 이르게 봄이 찾아와 외투를 꺼내 입을 일이 없었어요. 봄이 가고, 여름이 가고 다시 겨울이 왔어요. 기온이 급강하하던 날, 외투를 꺼내 입으면서 까맣게 잊고 있던 죽은 새를 떠올렸어요. 주저하면서 주머니 속에 손을 넣어 보았어요. 그런데 주머니 속에는 죽은 새는 없고, 500원짜리 동전과 영화「파우스트」티켓만 들어 있었어요."

화장을 짙게 한 종업원이 카트를 밀면서 우리가 앉아 있는 테이블로 다가온다. 물병과 물컵, 깍두기, 청양고추, 쌈장, 소금이 든 반찬 그릇들을 테이블에 늘어놓는다. 김이 모락모락 오르는 검은 뚝배기를 그녀와 내 앞에 하나씩 놓아 준다. 뚝배기 속 두 다리를 허공으로 쳐들고 있는 벌거숭이 닭을 내려다보면서 그녀가 중얼거린다.

"평균 49일 만에 도축을 한다지요?"

그녀는 기껏 집어 든 젓가락을 도로 내려놓고 빈 컵을 움켜잡는다. 나는 물병을 들어 그녀의 컵에 물을 따라 준다.

"최소 6개월…… 삼계탕용으로 쓰이는 영계의 경우 최소 100일은 자라야 하는 닭들을 49일 만에 도축하기 위해 속성으로 키운다지요. A4용지보다 면적이 작아 날갯짓조차 할 수 없는 우리 속에 가두고 24시간 조명 불빛을 쏘아 댄대요. 그래야 인간이 더 많은 닭을 먹을 수 있으니까요. 인간은 그렇게 키운 닭으로 몸보신을 하겠다고 인삼과 한약재를 넣고 삼계탕을 끓여 먹고요."

"그러게요……."

"죄송해요. 일부러 그러는 것은 아닌데, 나도 모르게 분위기 깨는 말을 하고는 해요."

"태어나자마자 컨베이어 벨트에 실려 홍수처럼 떠내려가는 병아리들을 찍은 동영상을 본 적이 있습니다. 그 동영상이 충격적이어서 한동안 의식적으로 닭고기를 멀리하다가 어느 날부터인가 아무 생각 없이 먹고 있습니다."

"그런가요? 구제역이 심할 때 우리 가족들이 모여 삼겹살을 구워 먹던 게 생각나네요. 티브이에서 내보내는, 살아 있는 돼지들을 구덩이에 파묻는 영상을 보면서요."

그녀는 숟가락으로 벌거숭이 닭의 늑골을 헤집어 벌리고 그 안의 찰밥을 떠먹는다.

"저는 인간이라는 존재가 세상에서 가장 어려워요. 신(神)이라는 존재보다도요."

"만약 신이 있다면, 그 신도 자신의 창조물들 중 인간이라는 존재를 가장 어렵게 생각하지 않을까요?"

나는 그녀에게 묻는다.

"오직 아주 조금의 고기 살점을 먹기 위해, 우리는 한 영혼으로부터 태양과 빛, 그리고 그가 세상에서 즐기기 위하여 태어난 생명으로 존재할 수 있는 권리와 시간의 상당 부분을 빼앗는다……. 플루타르코스의 『윤리론집』에 나오는 글이에요. 한 영혼으로부터…… 아무에게도 해를 끼치지 않는 순한 영혼들로부터요."

"닭, 개, 토끼 같은 순한 영혼들 말입니까? 운동화 같은……."

"운동화요?"

그녀가 나를 물끄러미 건너다본다.

"L의 운동화요."

"L의 운동화요?"

"L의 운동화가 인공 유기물이 아니라, 살과 피와 뼈로 이루어진 덩어리같이 느껴질 때가 있습니다. 영혼이 깃들어 있는……."

우리는 식당을 나와 소화를 시킬 겸 보존연구소 근처를 산책한다. 휴관 중인 미술관 마당에서 굴착기 두 대가 전나무와 다투는 광경을 목격한다. 굴착기들은 양쪽에서, 쓰러진 전나무를 향해 버킷을 휘두르고 있다. 이식(移植) 중인지 전나무 뿌리는 공처럼 둥글게 뭉쳐져 있다.

해물칼국수 식당을 지나, 간혹 산책 겸 걷고는 하는 중학교 쪽으로 올라가는 중에 채 관장이 혼잣말처럼 중얼거린다.

"인간이란 과연 무엇인가?"

"……?"

"L이 고교 시절에 쓴 일기에 있는 문장이에요. 실은 그날…… 1987년 6월 9일이요. L은 학교에 못 나올 정도로 아팠어요. 몸살이었던 것 같아요. 그 며칠 전에는 광주 고향 집에 다녀왔다고 했고요. L의 몸에서 최루탄 냄새가 끊이지 않으니까 셋째누님이 광주 어머니께 이야기를 넣은 모양이에요. 둘째누님과 살다가, 그 누님이 결혼하신 뒤로는 셋째누님과 개봉동 쪽에서 살았다고 제가 말씀드렸었나요?"

"L에게 누님이 세 분 계시다고 하셨습니다."

"어머니께서 아들이 하도 걱정이 되어서, 광주 고향 집에 좀 다녀가라고 사정을 한 모양이에요. 하룻밤 재우고 다시 서울로 떠나보내면서 방학 하면 고향 집에 내려와서 지내라는 당부를 L에게 몇 번이나 하셨대요. 그것이 마지막 귀향이 되리라고는 L도, 어머니도 모르셨겠지요. 어떻게 알 수 있었겠어요? 그날, 그러니까 L이 피격을 당한 날 아침에 아들과 전화 통화를 못한 것을, 어머니께서는 몹시 안타까워하셨어요. 자취방에 전화기가 없어서 통화할 일이 있으면 주인집 전화로 해야 했다고 했어요. 아들의 목소리를 듣고 싶어서 전화를 넣으려다, 너무 이른 시간이라 주인집에 미안하기도 하고, L이 고향 집에 다녀간 지 며칠 되지 않아서, 말았다고. 그날 만약 통화를 했다면, 송수화기로 흘러나오는 L의 목소리가 어머니의 가슴속에 고스란히 새겨졌겠지요. ……L이 아파서 학교에 못 가고 혼자 자취방에 있는데, 둘째매형이 마침 가져다줄 물건이 있어서 들렀다고 했어요. 둘째매형에게 차가 있어서 L이 학교까지 데려다 달라고 부탁을 했던 모양이고요……. 혹시 소크라고 들어 보셨어요?"

"아니요."

"소크라고…… SOC요. 북유럽이라던가…… 맹수가 공격을 하면, 암소와 송아지들을 보호하기 위해 튼튼한 뿔을 가진 젊은 소 떼가 뿔을 바깥 방향으로 하고 울타리처럼 빙 둘러싸는 것을 소크라고 한다네요. 시위 현장에서 젊은 소 떼 역할을 하는 남학생들을 소크라고 불렀어요. 학교마다 지칭하는 단어가 달랐던 것으로 알고 있는데, 우리 학교에서는 그렇게요. 소크는 대개 2학년 남학생이 셨어요. 총학생회 사회부장이 단대별로, 동아리별로 소크설 인원을 배당하고, 순번을 정했어요. L이 만화동아리 활동을 했다는 것은 알고 있나요?"

"네, 알고 있습니다."

"교문 안에서 왼쪽 뒷머리를 맞았어요. 최루탄이 터지면서 발생한 쇳조각이 숨골에 박힌 것이 사망의 원인이 되었고요. 그런데 최루탄 총신을 개조하지 않고서는 사람 뒷머리를 맞히는 것은 불가능하다고 하더군요. 최루탄 총신은 원래 45도 이상의 각도로 쏘아야 발사가 된다고요."

"개조한 총신으로 L을 쏘았다는 이야기를 들은 기억이 있습니다."

"5시경이었어요. L이 최루탄을 맞은 시간이요. 저녁나절이었지만 대낮처럼 환했어요. 그해 서머타임이 시행되었거든요."

"그랬지요."

"혹시 서머타임이 1차 세계대전 중 독일에서 처음으로 채택되었다는 사실을 알고 계세요?"

"그런가요?"

"저도 얼마 전에야 알았어요. 독일에서 가장 먼저 시행하고, 그 후 유럽의 여러 나라가 서머타임을 사용하기 시작했다고 하더군요. 여름철 긴 낮 시간을 유효하게 쓰기 위해서 그 지방의 표준시보다 한 시간 시계를 앞당기는 서머타임이, 오히려 일상생활에서 불편과 혼란을 초래하자 대부분 국가들이 중단을 했다고요. 우리나라에서는 87년과 88년 2년 동안 실시되었다가 89년에 폐지되었고요."

서머타임에 대한 기억은 내게도 있다. 어느 날 시간이 한 시간이나 앞당겨지면서 새벽 5시경 울던 새들이 새벽 4시에 울었다. 그때를 생각하면 나는 펠릭스 곤잘레스 토레스의 작품 「무제 — 완벽한 연인들」이 떠오른다.

토레스는 대량 생산된, 쌍둥이처럼 똑같은 두 개의 벽시계를 벽에 나란히 걸어 놓았다.

두 시계는 처음에는 똑같은 시간을 가리키고 있지만, 시간이 흐를수록 조금씩 차이가 난다. 시계에 내장된 부품들

또한 똑같지만, 미세한 차이가 발생하기 때문이다. 시간이 흐를수록 두 시계의 시간은 점점 더 어긋나, 마침내 어느 날 한 시계가 다른 시계보다 먼저 멎는다. 아무리 사랑하는 연인들이라 할지라도 그들의 시간이 동일하게, 단 1초의 어긋남 없이 흐르는 것은 불가능하다는 주제처럼.

1987년 그해, 서머타임이 시행되면서 나는 어긋난 두 개의 시간이 흐르고 있는 것 같은 혼란과 현기증에 시달렸다.

두 개의 시간이 어긋나면서 발생한 시간 속에 L이, L의 운동화가 있었다고 생각하니 기분이 이상하다.

"어머니께서는 모르고 계세요."

"……?"

"그날 L이 학교에 못 갈 만큼 아팠던 것을요. 어쩌다 학교에 가게 되었고 아픈 몸으로 소크를 섰던 것을요."

중학교 운동장에는 산책을 나온 사람들이 제법 있다. 대개는 둘씩, 셋씩 짝을 지어 걷는다. 스마트폰에 두 눈을 고정시키고 걷는 중년 여자, 두 마리의 흰 개를 끌면서 걷는 트레이닝복 차림의 여자, 자코메티의 조각상처럼 비쩍 마른 나이 든 사내, 모녀지간인 듯 팔짱을 끼고 어슬렁어슬렁 걷는 두 여자.

우리는 운동장을 가로질러 철봉 옆, 시멘트 의자로 가

서 앉는다.

먹지가 한 장 한 장 내려 덮이듯 운동장에 깔린 어둠이 점점 짙어진다. 사람들이 어둠 속으로 삼켜진다. 자코메티의 조각상처럼 비쩍 마른 나이 든 사내는 어느새 철봉에 매달려 있다.

"이제 촛불을 켜야 할 때입니다."

"그것도 L의 일기에 있는 문장인가요?"

그녀가 고개를 끄덕이는 게 느껴진다.

"촛불은 우리를 조용히 의자에 앉게 합니다. 그곳에는 타다가 또 타는 우리의 삶이 계속되고 있습니다……."

지하철역 출구 앞에서 헤어지기 전 채 관장이 내게 말한다.

"자기가 쏜 최루탄에 L이 맞은 것 같다고 고백한 사람이 있는 것으로 알고 있어요. 그 사람 또한 죄책감과 고통 속에서 살고 있겠지요?"

그리고 그녀는 출구 계단으로 발을 내딛는다. 두세 계단 내려가다 말고 뒤를 돌아다본다.

"그런데 죽은 새는 어디로 간 걸까요?"

그녀는 대답할 기회를 주지 않고 홀연히 돌아서더니 순식간에 사람들 속으로 사라진다.

9

L의 운동화를 내 작업대로 가져오기 전부터 진행하고 있는 작업이 있었다. 그것은 L의 운동화와 똑같은 운동화를 찾는 것이다.

브랜드와 디자인이 똑같은 운동화를 찾는 것은 중요하다. 나는 막연하지만 어딘가에 똑같은 운동화가 한 켤레쯤 있을 것이라고 기대했다. 왜냐하면 L의 운동화는 토레스의 '시계'처럼 대량 생산된 물건이기 때문이다. 그 당시 L의 운동화와 똑같은 운동화가 몇 켤레나 생산, 판매되었는지는 알 길이 없지만.

밑창 굽에서 떨어진, 파라로이드를 주입해 단단히 굳힌 조각들을 맞추려면 굽 부분의 패턴을 알아야 한다. 패턴을 모르고 조각들을 맞추는 것은, 완성된 이미지를 전혀 모르고 퍼즐 조각들을 맞추는 것이나 마찬가지다.

L의 운동화 상표는 타이거로, 1980년대 후반에 삼화고무에서 생산했던 운동화 브랜드다. 그 브랜드의 운동화는 그 시절 유행이었다. 외국 유명 브랜드의 운동화들이 국내에서 유행한 직후였다.

인터넷 검색과 수소문을 통해 삼화 타이거 운동화 수집가를 한 사람 찾았지만, 그가 소장하고 있는 운동화들 중에는 L의 운동화와 같은 모델이 없었다.

흥미롭게도 삼화고무는 우리나라 기업들의 흥망성쇠를 극단적으로 보여 준다.

삼화고무는 일제강점기인 1934년 영남 지역에 있던 열세 개의 신발 회사들을 합병해 만든 회사였다. 광복과 함께 미군정에 접수되었다가, 1948년 정부 수립 때 경상남도 산하 공기업으로 바뀐다. 1951년 대구 영업소를 운영하던 김예준 씨에게 불하되는데, 경영보다 정치에 뜻이 있던 그가 자유당 국회의원 후보 경선에서 두 번이나 탈락하는 등 어려움을 겪다가 1958년 한국생사 그룹으로 넘어간다. 자동차 타이어를 생산하는 회사로 변신하지만 생산한 타이어의 질이 떨어져 실패한다. 망해 가던 삼화고무는 1965년, 본래의 신발 회사로 되돌아가 만화 캐릭터 신발을 출시하면서 기사회생한다. 일본 니폰고무와 기술 제휴를 맺고 국내 특허를 받은 만화 캐릭터 신발이 인기를 끈 것이다. 1970년대 들어서는 나이키와 리복 등 세계적인 바이어들과 손잡고 OEM이라는 주문자 상표 부착 생산으로, 신발이 수출 효자 품목 1위가 될 만큼 고속 성장을 한다. 탄탄대로를 달리던 삼화고무는 1978년 2차 오일쇼크와 함께 위기를 맞는다. 자원민족주의 열풍으로 생고무 가격이 세 배 이상 폭등한 데다, 미국이 신발 수입 쿼터제를 도입하면서 악재로 작용한다. 내실을 다지지 못하고 외향적인 성장에만 신경 쓰던 삼화고무는, 1980년대 들어 저임금을 최대 무기로 한 동남아 국가들이 신발 시장에 뛰어들면서 타격을 입는다. 1991년 태풍으로 금사동 공장이 침수되는 재해까지 겹쳐, 그해 7월 주식 상장이 폐지된다. 부산지방법원에 법정 관리를 신청하지만 받아들여지지 않아 1992년 역사 속으로 사라진다.

인터넷으로 운동화 밑창 패턴을 검색한다. 패턴은 생각했던 것보다 훨씬 다양하다. 상표에 따라, 기능에 따라, 그것이 주로 판매되는 지역의 지형적 특성에 따라.

원 무늬, 가로 일자 무늬, 세로 일자 무늬, 삼각 무늬,

사각 무늬, 청어가시 무늬, 지그재그 무늬, 빗살 무늬, 물 방울 무늬, 톱니 무늬, 송곳 무늬, 꽃잎 무늬, 별 무늬, 지 문 무늬, 나뭇잎 무늬, 민무늬, 잔물결 무늬, 큰물결 무늬, 사선 무늬, 곱슬머리 무늬, W 무늬, 기하학적 무늬, 그리 고 두세 가지 무늬를 뒤섞은 혼합 무늬…….

밑창 패턴. 검색하면서, 그것이 미끄러짐을 방지하는 마찰력과 깊은 연관이 있다는 사실을 알게 된다. 요철은 미끄러짐을 방지하는 역할을 하는데, 그것의 깊이보다 방 향이 더 결정적인 역할을 한다. 요철이 톱니와 같은 형태 로 마주 보게 어긋나 있으면 미끄럼 방지 효과가 있다. 걸 을 때 신발 밑창이 지면에 닿는 순간과 떨어지는 순간이 서로 작용하여 지면에 닿는 면적이 넓어지는 원리 때문이 다. 세로 방향의 요철은 오히려 스케이트 날 같은 역할을 해 미끄러지기 쉽다. 가로 방향의 요철과 세로 방향의 요 철이 혼합되면 마찰력이 더 좋아진다. 요철이 지면에 닿 는 면이 각이 져 있어도 마찰 효과가 있다.

L의 운동화 밑창 앞부분은, 사선으로 뻗은 일자 무늬와 큰물결 무늬가 혼합되어 있다. 요철은 등산화나 작업화만 큼 깊지는 않지만 선명한 편이다. 굽 부분과 비교할 때 앞 부분은 기적처럼 생각될 정도로 온전한 편이다.

밑창 앞부분의 패턴이 굽까지 통일되게 이어지는 경우

가 흔하지만, L의 운동화는 그렇지 않다. 가운데 부분을 경계로 패턴에 변화가 있음을 짐작할 수 있다.

굽에서 탈락한 조각들을 늘어놓고 패턴을 찾기 위해 들여다본다. 조각들은 그러나 내게 패턴에 대한 그 어떤 힌트도 주지 않는다.

흔적 화석을 떠올린 것은, 5천 개가 넘는 운동화 밑창 패턴을 검색하고 난 뒤다. 지난밤 나는 운동화 패턴을 검색하느라 보존연구소에서 꼬박 밤을 새웠다. 운동화 밑창 패턴들이 마구 혼합되어 내 머릿속을 어지럽게 떠다닌다. 전 세계의, 운동화 밑창 이미지가 올라와 있는 사이트를 샅샅이 뒤졌지만 허망하게도, L의 운동화 밑창 굽 부분의 패턴과 유사한 패턴을 찾지 못했다.

어쩌면 흔적 화석에서 '잃어버린' 패턴을 찾을 수 있을지 모른다는, 황당하기 짝이 없는 생각이 떨쳐지지 않는다.

노트북을 끄고 탕비실로 간다. 새로 커피를 내리고 요기할 만한 것이 없는지 냉장고를 살핀다. 샌드위치와 훈제 달걀과 고디바 초콜릿이 있지만 내키지 않는다. 검은

콩두유를 한 잔 마시고, 커피를 머그잔에 그득 따라 들고 다시 작업실로 간다.

기껏 끈 노트북 전원을 다시 켠다. 인터넷 검색창에 '흔적 화석'을 입력하고 검색을 클릭한다.

생흔 화석이라고도 하는 흔적 화석은 동물이 남긴 자국이다. 생물이 기어간 자국이나 발자국, 부리로 쪼거나 구멍을 판 자국, 배설물 같은 생물의 활동으로 만들어진 흔적이 화석화된 것으로, 동식물의 일부 또는 전체를 보전하고 있는 체화석과는 다르다.

나는 흔적 화석들 중에서도 백악기 시대 무척추동물들의 흔적 화석을 집중적으로 살핀다. 암모나이트와 루디스트 같은 생물이 서식하고 공룡이 살았던 백악기는 대멸종 시대이기도 하다.

1억 3천만 년 전에 멸종한 동물들이 남긴 흔적이, L의 운동화 밑창 굽 부분의 패턴과 닿아 있을지도 모른다는 기대 때문인지 흔적 화석들을 살피는 내내 이상한 흥분이 나를 지배한다. 복원 작업은 창작이 아니라 기술이지만, 창작을 할 때처럼 영감이 개입하는 순간이 존재하기도 한다.

10

나는 한 가지 중요한 결정을 내려야 한다. L의 운동화 끈을 풀 것인지, 말 것인지. L의 운동화를 내 작업대로 가져온 지 두 주가 지나도록 나는 결정을 내리지 못하고 있다.

L의 운동화 끈은 독특한 방식으로 묶여 있다. L의 운동화를 예술 작품이라고 가정할 경우 '작가의 의도'가 드러나는 부분이 바로 끈이다.

나는 끈을 풀 자신은 있지만, 묶을 자신은 없다. 더 정확하게 말해서 L이 묶은 방식 그대로 묶을 자신이.

복원가인 내가 너무 많이 개입한다는 판단에 따라, 나는 끈을 그대로 둔 채 복원 작업을 이어서 진행해 나가기

로 결정한다. 그 결정 때문에 복원 과정이 훨씬 더 난해하
리라는 걸 잘 알지만.

11

끈을 풀 것인지, 말 것인지 고민하는 동안에도 L의 운동화는 소리 없이 주저앉고 있었다. 에폭시수지를 주입해 밑창을 단단히 굳히는 작업을 진행하는 동안에도.

지난 나흘 동안 비어 있던 작업대에 그녀가 돌아와 있다. 한순간도 그 앞을 떠난 적이 없는 듯. 나는 그녀의 손끝에서 한지 조각이 갈기갈기 찢기는 것을 지켜본다. 자신의 손가락에 아무 문제가 없다는 것을 증명해 보이기라도 하듯 그녀는 같은 동작을 반복해 한지를 가늘게, 더 가늘게 찢는다. 한 가닥이던 한지가 수십 가닥으로 나뉘어 보풀 같아지도록.

밑창에 에폭시수지를 주입하는 치료를 무사히 견딘 L의 운동화는 형태를 잡아 가는 중이다.

먼저 에폭시수지가 날아가지 않도록 밑창 전체를 유산지로 덮어 주었다. 두께가 0.3센티 정도 되는 16절지 크기의 철판으로 밑창 중간 부분을 눌러 주었다. 철판의 무게가 간접적으로 전달되도록 철판 밑에 폴리에틸렌 폼을 깔았다. 앞부분이 자연스럽게 휘도록, 앞부분 양끝을 사마귀처럼 생긴 집게로 집어 눌러 주었다.

나는 철판을 앞부분 쪽으로 반 마디 정도 이동시킨다. 철판의 무게는 감자 한 알 정도다.

플라스틱 상자 속 온도와 습도를 확인한다. 17.5도, 47퍼센트.

이틀 내내 잠자코 지켜보기만 할 뿐, 나는 L의 운동화에 아무것도 하지 않는다.

아무것도 하지 않는 것이 더 어려울 때가 있다. 뭔가를 할 때보다, 아무것도 하지 않는 것이.

12

　내가 L의 운동화를 인수한 날짜는 2월 26일이다. 인수한 지 오늘로서 28일이 되었다. 경화 작업을 통해 L의 운동화는 손으로 드는 것이 가능해졌다.

　그녀가 마침내 L의 운동화를 보러 온다. 나는 L의 운동화를 손으로 들어 전체적인 모습을 보여 준다. 그녀가 L기념관에서 보았던 L의 운동화는, L의 운동화의 일부분에 지나지 않았다. 전시장에 진열되어 있을 때 L의 운동화는 밑창을 위로 향하고 있었다. 그녀가 본 것은 L의 운동화가 아니라, L의 운동화 밑창이었다. 땅을 향하고 있어야 할, 땅과 붙어 있어야 할 밑창이 허공을 향하고 있어서 정작 운동화 본체는 볼 수 없었을 것이다. 흰색이라는 것과

끈으로 묶는 운동화라는 것 정도만 짐작 가능했을 것이다.

"끈이요……."

중얼거리는 그녀의 시선이 L의 운동화가 아니라 끈에 고정되어 있다.

"끈을 어떻게 저렇게 묶었을까요? 남자들은 운동화 끈을 저렇게 묶기도 하나요?"

"아니요. 저렇게 운동화 끈을 묶는 경우는 다들 못 봤다고 하더군요. 군화 끈도 저렇게까지 묶지는 않습니다."

"끈이 풀어지지 말라고 저렇게 묶은 거겠지요? 풀어지지 말라고…… 끈이 풀어져 운동화가 벗겨질까 봐요."

그녀는 혼잣말처럼 중얼거린다.

"아마, 그랬을 겁니다. 운동화 끈을 저렇게 묶은 걸 보면, L의 발볼이 넓지는 않았던 것 같습니다. 발볼이 넓으면 저렇게 앞볼이 꽉 조이게 끈을 매고 묶지는 않았을 것 같거든요. 제가 발볼이 좀 넓은 편이라 운동화 끈을 느슨하게 매는 버릇이 있어서인지, 그런 추측을 하게 되는군요."

"저걸…… 풀 건가요? 끈을요?"

"아니요, 끈은 놔두기로 결정했습니다."

"이유……는요?"

몇 가지 이유가 있지만, L이 묶은 방식 그대로 묶을 자신이 없는 것이 가장 큰 이유라고 나는 솔직히 말한다.

"고백을 하자면 군대 시절 가장 적응하기 힘들었던 게 군화 끈을 묶고 푸는 것이었습니다. 손으로 하는 것이라면 그래도 자신 있어 하면서도 이상하게 군화 끈을 묶을 때마다 긴장이 되었습니다. 아무래도 정해진 시간 안에 묶고 풀어야 하다는 강박 때문이었던 것 같습니다."

"전통 매듭 장인을 인터뷰한 글을 잡지에서 읽은 적이 있어요. 칠십 평생 매듭을 지어서, 머리는 딴생각을 해도 손이 알아서 매듭을 짓는다고 했어요. 못 짓는 매듭이 없다고. 손이 다 알아서 매듭을 짓는다고요. 동심결매듭에 생동심결매듭과 사동심결매듭이 있는데, 방식이 같다고 했어요. 함(函)을 싸는 매듭인 생동심결매듭과 관(棺)을 싸는 매듭인 사동심결매듭을 짓는 방식이요. 앞면을 보고 만들면 생동심결매듭이고, 뒷면을 보고 만들면 사동심결매듭이라고…… 전통 매듭 장인은 생과 사 역시 그렇다고 했어요."

나는 그때까지 손에 들고 있던 L의 운동화를 작업대 위에 내려놓고 그녀에게 묻는다.

"고르디우스의 매듭에 대해 알고 있습니까?"

"고르디우스의 매듭이요?"

고개를 돌려 나를 바라보는 그녀의 눈동자가 미세하게 흔들린다.

"고대 프리지아의 왕 고르디우스가 신전의 마차에 묶어 놓은 매듭이요. 그것을 푸는 사람이 왕이 된다는 전설이 있었지만 아무도 풀지 못했다지요. 제게는 L의 운동화 매듭이 고르디우스의 매듭보다 더 난해합니다."

"그래서 그 매듭은 끝내 풀지 못했나요?"

"훗날 알렉산드로스가 그 매듭을 푸는 대신 칼로 잘라 냈다고 합니다."

"……?"

"고르디우스의 매듭은 칼로 잘라 버릴 수 있었지만, L이 자신의 운동화에 묶어 놓은 매듭은 칼로 잘라 버릴 수도 없으니 말입니다."

그녀와 나는 침묵 속에서 L의 운동화를 바라본다. 그녀가 옆에 있는데도 L의 운동화 앞에 혼자 남겨진 듯 마음이 무겁다.

"다른 한 짝…… 영원히 잃어버린 다른 한 짝도 똑같은 방식으로 끈을 묶었겠지요? 양쪽 운동화 끈을 다른 방식으로 묶는 사람은 좀처럼 없으니까요……."

L의 영원히 잃어버린 운동화 한 짝에 대해 그녀는 알고 있었다. 집회가 끝난 뒤 어떤 여학생이 그것을 주웠고, 주인을 찾아 주려고 했지만 끝끝내 찾아 주지 못했다는 것을. 그것이 L의 잃어버린 운동화라는 것을 알았을 때는

이미 그것을 영원히 잃어버린 뒤였다는 것을.

나는 어쩌면 그녀가 여전히 L의 운동화에 대해 나보다 더 많은 것을 알고 있을지 모른다는 생각이 든다.

"그러니까 오른짝도 저런 식으로 묶었겠지요. 그랬는데도…… 저렇게 단단히 묶였는데도 발에서 벗겨진 것이겠지요……."

"오른짝이요?"

"오른짝 운동화요……."

"영원히 잃어버린 짝은 오른짝이 아니라 왼짝입니다."

"오른짝이 아니라요?"

그녀가 인정할 수 없다는 듯 고개를 가로젓는다.

"왼짝 운동화입니다."

"그런데 저는 왜 오른짝 운동화인 것만 같은 생각이 드는 걸까요? 저 운동화가 오른짝이라는 것을 알면서, 영원히 잃어버린 짝이 왼짝이 아니라 오른짝이라는……."

혼란스러운 듯 고개를 가로젓던 그녀는 자신을 납득시켜 달라고 요청하는 눈빛으로 나를 바라본다.

그녀의 손은 혹 아들의 풀어진 운동화 끈을 매던 순간에 영원히 갇혀 버린 게 아닐까. 경복궁역에서 홍은동 집까지 걸어가던 길 어딘가에서 아들의 풀어진 운동화 끈을 다급히 매던 순간에.

그녀가 가 버리고, L의 운동화 앞에는 또다시 나 혼자 남겨진다.

갑자기 모든 게 혼란스러워지면서 내 작업대 위 L의 운동화가 어쩌면 환(幻)에 지나지 않을지 모른다는 의심마저 든다. 만질 수도, 집어 들 수도, 신을 수도 없는 환.

13

설명이 안 되는 두 개의 선(線).

길이가 고작해야 0.5밀리미터 미만인 두 개의 끊어진 선. 그 선들의 흐름과 방향을 짚어 내야만 한다. 그래야만 밑창 굽 부분의 패턴을 추측해 낼 수 있다.

굽 부분의 패턴 또한 앞부분처럼 물결무늬일 것이라는 결론을 내리는 데, 두 개의 끊어진 선이 결정적인 단서가 된다.

두 선 다 가로 방향이 아니라 세로 방향으로 진행되고 있다. 나는 그것으로 물결무늬가 세로 방향으로 진행되었으리라 추측한다.

"정구화 같습니다."

"정구화요?"

채 관장이 무슨 뜻인지 모르겠다는 듯 묻는다. 길거리
인지 차 소리가 들린다.

"L의 운동화 말입니다."

"배드민턴이나 테니스를 칠 때 신는 신발 말인가요?
뜻밖이네요."

"앞부분의 물결무늬가 가로 방향으로 진행되는 것과
달리 굽의 물결무늬는 세로 방향으로 진행되는 게 아무래
도 그렇게 추측됩니다."

"밑창 패턴을 찾으셨군요!"

그녀가 흥분하는 것이 고스란히 느껴진다.

"정구화의 경우, 미끄럼을 방지하기 위해 밑창 앞부분
과 굽 부분의 패턴을 다르게 합니다. 그런데 L의 운동화
가 그런 것 같습니다."

14

파라로이드를 주입해 단단히 굳힌 조각들은 크기별로 분류되어 용기 속에 담겨 있다. 큰 조각들이 담긴 용기를 플라스틱 상자에서 꺼내 가까이 놓는다. 굳히는 과정에서 허망하게 바스러진 조각들이 떠올라 나도 모르게 길게 숨을 토한다.

L의 운동화도 플라스틱 상자에서 꺼내 가까이 놓는다.

나는 핀셋으로 조각 하나를 집어 든다. 팔각형인 조각에는 송곳 같은 것으로 대충 그은 듯한 선이 한 줄 사선으로 가 있다. 그 조각뿐 아니라 다른 조각들에도 선이 가 있다. 열화가 일어나는 과정에서 뭉개지고 흐릿해지기는 했지만, L의 발에 신겨 있을 때만 해도 규칙적이고 거대한 패턴을 만드는 데 일조했을 선들이다.

나는 조각을 밑창으로 가져간다. 설명이 안 되던 두 개의 끊어진 선 중에 하나의 선 밑으로.

조각에 가 있는 선과 끊어진 선이 맞아떨어진다. 끊어진 선이 조각에 가 있는 선과 자연스럽게 이어진다.

나는 끊어진 선에 조각을 바짝 붙여 놓아둔다.

차분히 숨을 고른 뒤 용기 속 조각들을 살핀다. 핀셋으로 조각을 하나 집어 든다.

조각 여섯 개가 순식간에 맞아떨어진다.

기적처럼 맞아떨어진 조각들에서 나는 눈을 떼지 못한다.

낱낱으로 존재하다가 하나로 연결된 여섯 개의 조각들은 마치 초식 동물의 등뼈 같다. 토끼 같은 초식동물의 등뼈를, 무참히 파손된 L의 운동화 밑창 위에 전시해 놓은 것 같다.

예술가가 영감에 사로잡히는 순간에 느끼는 황홀경이 이런 것일까. 머릿속이 새하얗게 바래고 몸속 피들이 한 방울도 남김없이 증발하는 것 같다.

여섯 개의 조각에서 시작하기로 한다. 신(神)이 놓은 절묘하고 신비로운 수처럼 삽시에 맞아떨어진 여섯 개의 조각에서.

굽 가장자리부터 조각을 맞추어 나간다. 한 조각을 맞추는 데 꼬박 하루가 걸린다. 그것에 이어, 그다음 조각을 맞추는 데 거의 이틀이. 그것에 이어, 그다음 조각을 맞추는 데 하루가. 그것에 이어, 그다음 조각을 맞추는 데 하루하고 반나절이.

접합제로 에폭시계 접착제를 사용한다. 에폭시계 접착제는 아크릴계 접착제보다 밀착력과 접착성이 뛰어나고, 습도와 온도 변화에 잘 견디는 장점이 있다.

한 조각, 한 조각 맞추어 나갈 때마다 나는 그 어떤 전율에 휩싸인다.

15

작업하는 시간보다 지켜보는 시간이, 기다리는 시간이
여전히 더 길다. 아무것도 하지 않는 시간이.

16

한 조각도 맞추지 못한 날, 나는 메일을 한 통 받는다. 채 관장이 전달해 준 메일로, 익명의 사내가 그녀를 통해 내게 보내온 것이다. 엄밀히 말하자면 내가 아니라 L의 운동화 복원을 맡은 복원가에게.

L과 같은 86학번이라는 익명의 사내가 첨부 파일로 보내온 편지는, 편지라기보다는 여러 날에 걸쳐 작성한 내밀한 자기 고백에 가깝다. 나는 일면식조차 없는 타인의 일기를 몰래 훔쳐보는 심정으로 편지를 읽는다.

……L의 운동화를 복원하고 계시다고 들었습니다. 퇴근길 지하철 안에서 신문에 실린 L의 운동화 기사를 보고 나서야

30년 가까이 L이라는 존재를 까맣게 망각하고 살았다는 것을 깨달았습니다. 신문 한 귀퉁이에 흑백으로 실린 L의 운동화에 시선을 고정시키고 있는 동안, 제가 탄 지하철 3호선은 구파발역을 지나 지축역으로 향하고 있었습니다. 경기도 일산에 자리를 잡은 지 어느새 15년이 되었습니다. 저는 일산에 신도시가 형성될 때 은행에서 융자를 얻어 분양받은 아파트에서 15년째 살고 있습니다. 아파트에 입주하고 얼마 지나지 않아 태어난 둘째는 아토피를 무섭게 앓았습니다. 아파트를 지을 때 건설사에서 사용한 자재들이 품고 있던 독성 강한 성분들이 갓난아기인 둘째의 몸에 침투해 일으키는 알레르기 질환이라는 것을 알면서도, 저희 부부는 아파트를 팔고 이사를 갈 엄두를 내지 못했습니다. 중학생이 된 둘째는 지금도 아토피로 고생을 하고 있습니다. 무난하고 털털한 성격인 첫째와 달리 둘째가 유별나게 예민하고 내성적인 것은 아마도 갓난아기 때부터 지독하고 끈질기게 자신을 괴롭혀 온 아토피 때문일 것입니다.

지방에서 올라온 저희 부부는 서울에 제대로 뿌리내리기 위해서는 집이 있어야 한다는 강박으로부터 자유로울 수 없었습니다. 둘째를 낳기 전까지 출판사에 다닌 아내는 서울에 올라와 반지하에서 살았던 근 5년을 자신의 인생에서 가장 끔찍하고 고통스러운 시절로 기억하고 있습니다. 반지하에 사는 동안 단 하루도 온전히 잠들었던 적이 없었다고 했습니다. 여름이면 골목 바닥보다 반 뼘쯤 아래로 내려앉은 창문 주변을 서성거리는 발소리와 그림자들에 시달리느라 날밤을 새우기 일쑤였다고 했습니다. 엄지손가락 하나가 겨우 드나들 만큼만, 딱 그만큼만 열어 둔 창문 새로, 누군가 몰래 들여다보고 있는 것 같아 삼복더위에도 옷을 껴입고 잠자리에 들었다고요. 아내는 그 시절 자신을 지켜 준 것은 죽은 고목나무 화분이었다고 했습니다. 죽어 줄기만 남은 고목나무 화분 말입니다. 골목 어느 집에서 이사를 가면서 버리고 간 죽은 고목나무 화분을 창문 앞에 가져다 놓은 뒤로는 창문을 조금 더 열어 놓을 수 있었다고 했습니다. 손가락 두 개가 드나들 수 있을 만큼…….

그러니까 손가락 하나와 손가락 두 개, 그 둘 사이에 죽은 고무나무가 있었던 것입니다.

일산 아파트를 분양받을 때 아내는 10층 이상의 고층을 원했습니다. 집의 모든 창문을 활짝 열어 놓고 잠드는 것이 소원이었다면서요.

책 만드는 일을 하고 싶어서 서울로 올라온 아내는 둘째가 세 살 되던 해까지 대여섯 군데의 영세한 출판사를 전전하다가 그만둔 뒤로는 학습지 교사 일을 했습니다. 마흔여섯 살 되던 해 요양보호사 자격증을 땄고, 지금은 그 일을 하고 있습니다. 고등학생인 첫째와 중학생인 둘째의 학원비를 벌기 위해서 말입니다. 게다가 가장인 제가 언제 회사에서 밀려나 실업자 신세가 될지 모르니까요. 저는 잡지사에 다니고 있습니다. 광고 회사에 다니다 잡지사로 이직을 했고, 광고와 영업을 담당하고 있습니다.

요양보호사인 아내가 1년 가까이 돌보고 있는 한 어르신은 아내를 전혀 못 알아볼 뿐 아니라 기억조차 못 한다고 합니다. 그래서 아내를 볼 때마다 누구냐고 묻는다고 합니다. 목욕을 시키고, 옷을 갈아입히고, 머리카락을 빗기는 동안 앵무새처럼 끊임없이 누구냐고 묻는다고요. 전혀 기억을 못하면서도, 볼 때마다 누구냐고 물어 오면서도, 아내가 일을 마치고 가려고 하면 두 손으로 아내의 팔을 꼭 붙잡고 어린아이처럼 매달린다고 했습니다. 혼자 두고 가지 말라고요.

수년 전, 1년 반이라는 기간 동안 노동자가 열네 명이나 숨지고, 그중 일곱 명은 심장 질환으로 숨졌는데도 공장의 근무 조건이나 환경과는 무관하다는 주장만 반복하는 타이어 공장의, 한 노동자를 인터뷰한 기사를 잡지에서 읽은 적이 있습니다. 그 기사 역시 퇴근길 지하철 안에서 읽었을 것입니다. 다리의 한 부분을 손가락으로 누르면 누른 자국이 복원되지 않고 그대로 남아 있는 중독 증세를 보이는 그 노동자는, 작업장에서 일을 하는 내내 어지럼증과 두통에 시달렸다고 했습니다. 가래를 뱉을 때마다 질겅질겅 씹던 고무 덩어리를 뱉는 것 같다고요. 그 노동자는 '솔벤트'라는 물질이 자신이 앓고 있는 병의 원인이라고 주장했습니다. 공장에서 솔벤트라는 휘발성 화학 물질을 쓰면서부터 두통과 메스꺼움에 시달리기 시작했다면서요. 솔벤트가 인간의 몸속에 흡입되면 뇌와 신경에 영향을 미칠 수 있는 독한 물질이라지요. 그 노동자는 자신뿐 아니라, 그곳의 모든 노동자가 마스크를 쓰지 않고 작업을 했다고 증언했습니다. 작업 내내 솔벤트가 휘발된 공기를 마시고, 손에 낀 면장갑이 솔벤트에 흠뻑 젖을 정도로 작업을 반복하면서도, 솔벤트라는 물질을 어떻게 취급해야 하는지 단 한 차례의 교육도 받은 적이 없었다고요. 무재해 인센티브제라는, 재해가 나지 않는 조의 호봉을 올려 주는 제도 때문에 그곳의 노동자들은 몸이 아파도, 같은 조에 속한 노동자들에게 피해를 줄까 봐 참고 견디었다고 했습니다. 알고 보니 문제의 타이어 공장은 자신의 노동자들이 병들고 숨져 가는 것은 묵인하면서도, 소외받고 그늘진 곳을 위해 봉사 활동을 펼치고 있는 글로벌 기업이었습니다.

　인천에 있는 철강 회사에 다니는 선배는 '1'이라는 숫자가 뜰 때 오히려 안도한다고 했습니다. 그 철강 회사 작업장에는 그날그날 작업 중에 사망한 노동자가 몇 명인지 아라비아 숫자로 알리는 전광게시판이 있다고 했습니다. 공장 노동자들이 철판을 자르고, 구부리고, 나르다가 문득 고개를 들면 보이는 곳에, 공장 안 어느 각도에서나 잘 보이는 곳에 전광게시판이 달려 있다고 했습니다. 30인치 모니터만 한 전광게시판에는 아라비아 숫자 외에는 글자도, 그림도 뜨지 않는다고요. 아라비아 숫자 말고는 다른 아무것도 뜨지 않지만, 선배가 근무한 17년 동안 전광판에 뜬 가장 큰 숫자는 '3'이었다고 했습니다. '3'보다 큰 숫자가 뜬 적은 없다고요. 전광게시판에 '1'이라는 숫자가 뜰 때 그 선배는 속으로 안도한다고 했습니다. 한번은 자신이 고개를 들어 전광게시판을 바라보는 동시에 '0'에서 '1'로 숫자가 바뀐 적이 있었는데, 자신도 모르게 손으로 가슴을 쓸어내렸다며 씁쓸히 웃더군요. '0'이라는 숫자가 떠 있을 때는, 혹시나 다음은 자신의 차례가 아닐까 불안에 시달린다면서요. 알림판에 '0'이라는 숫자가 하루 종일 떠 있는 날이면, 동료들과 택시를 잡아타고 소래포구로 몰려가 1차로 회를 떠 먹고, 2차로 나이트클럽에 간다고 했습니다. 건빵에 딸린 별사탕처럼 조잡한 조명들이 쉴 새 없이 돌고 도는 무대 위에서 한물간 가수가 추억의 히트 곡을 부르는 나이트클럽에서, 미친 듯이 춤을 추다가 새벽에야 집으로 향한다고 했습니다.

혹시나 제 메일이 저의 사적인 고백처럼 읽히더라도 너그럽게 이해해 주시길, 끝까지 읽어 주시기를……

실례인 것을 알면서도 제가 이렇게 불쑥 메일을 드리는 것은 L이 신었던 운동화가, 한때 저의 운동화이기도 했기 때문입니다.

한때 저의 운동화이기도……

삼화고무에서 나온 흰색 타이거 운동화가, 영문으로 타이거(TIGER)라고 쓴 로고가 붙어 있던 그 운동화가 실은 제게도 있었습니다. 어디 저뿐이겠습니까. 그 시절 얼마나 많은 이들이 그 운동화를 신고 다녔을까요. 그 운동화가 유행이던 시절이 있었으니까요. 제 기억이 틀리지 않다면, 제 친구 M도, J도, L도, K도 그 운동화를 신고 다녔습니다. 그러니까 L의 운동화는 저의 운동화이기도 하면서 M과 J와 L과 K의 운동화이기도 했던 것입니다. '우리 모두'의 운동화이기도 했던 것입니다.

그 시절 L의 운동화와 똑같은 운동화가 몇 켤레나 만들어지고 팔려 나갔을까요?

얼마나 많은 이들이 L의 운동화를 신고 다녔을까요?

그 운동화들은 지금 다 어디로 갔을까요?

L의 운동화가 한 짝은 분실되고, 한 짝만 남아 있다지요? 남아 있는 그 한 짝을 복원하신다고요.

한 짝마저 분실되어 남아 있지 않았으면 어쩔 뻔했나 저도 모르게 가슴을 쓸어내렸습니다. L을 까맣게 잊은 채 30년 가까이 살아왔으면서 말입니다.

L은 어디서 그 운동화를 사 신었을까요? 저는 그 운동화를 남대문시장 신발 가게에서 사 신었습니다. 그 운동화를 사 신은 기억은 있는데, 이상하게 그 운동화를 버린 기억은 없습니다. 그 운동화를 질리도록 신고 다닌 기억은 있는데 말이지요. 그 운동화를, 그러니까 L의 운동화이기도 했던 그 운동화를, 저는 어떻게 한 걸까요? 언제 내다 버린 걸까? 내다 버린 게 아니라면 잃어버린 걸까요? 잃어버리지는 않았을 것입니다. 잃어버리다니요. 지금까지 살아오는 동안 저는 한 번도 신발을 잃어버린 경험이 없습니다.

저는 그 운동화를 신고 속리산을 오르기도 했습니다. 지금에야 다들 제대로 등산화를 갖추어 신고 등산을 하지만, 그 시절에는 대개가 평상시 신고 다니는 운동화를 신고 등산을 했으니까요. 저는 속리산 정상까지 그 운동화를 신고 올라갔습니다.

김천이 고향인 저는 그곳에서 상고를 졸업하고 군 복무를 마친 뒤, 취직이 되어 서울로 올라왔습니다. 광화문 우체국이 제 첫 직장입니다. 광화문 사거리에 있는 그 우체국이요. 우체국에서 일한 지 햇수로 3년째 되던 해, 장충동 쪽에 있는 야간 대학교에 진학했습니다. 근무를 마치고 우체국을 나서는 제 두 발에는, 강의 시간에 늦지 않기 위해 분주히 버스 정류장으로 걸어가는 제 두 발에는, 그 운동화가 신겨 있었습니다.

한 가지 궁금한 것이 있습니다. L의 운동화가 한때 복원가님의 운동화이기도 했을까요?
L의 운동화와 똑같은 운동화를 신고 다니던 시절이 복원가님에게도 있을까요?

L의 운동화이자 저의 운동화기도 했던 그 운동화를 신고 다니던 시절, 제가 가지고 있는 신발은 그 운동화 한 켤레뿐이었습니다. 1년 내내 저는 그 운동화만 신고 다녔습니다. 비가 오는 날에도, 눈이 오는 날에도, 꽃비가 내리는 날에도, 저

의 두 발에는 그 운동화가 신겨 있었습니다. 대한극장에서 「백 투 더 퓨처」를 보던 제 발에는, 고향인 김천에 다녀오기 위해 서울역 매표소 앞에 줄을 서 있던 제 발에는, 연탄불에 구운 고등어 안주로 유명한 종로의 식당에서 야간 대학교 동기들과 소주를 마시던 제 발에는, 남산도서관에서 『카라마조프가의 형제들』을 대출받고 나오던 제 발에는, 소개팅으로 만나 6개월 남짓 연애했던 여자와 남산공원을 산책하던 제 발에는 말이지요.

야간 대학교에 다니던 시절 우체국 월급이 빤해 저는 돈을 아껴야 했습니다. 월급을 쪼개 생활비를 하고, 등록금까지 해결해야 했으니까요. 그 운동화를 신고 태극당이라는 제과점에서 산, 크림이 듬뿍 든 빵을 우걱우걱 먹으면서 대학교 정문으로 난 가파른 길을 걸어 올라가던 날들이 떠오릅니다.

어제 저는 신발을 한 켤레 버렸습니다. 지난 1년 동안 한 번도 신지 않은 구두로, 대형 할인 매장에서 80프로나 세일한다는 소리에 혹해 사 놓고, 두세 번밖에는 신지 않았습니다. 어디 신발뿐이겠습니까. 1년 내내 한 번도 입지 않는 옷들이 옷장에 넘쳐 나고, 냉장고에는 먹을 것이 넘쳐 나는데도 왜 이렇게 궁핍하다는 생각이 드는 걸까요.

그러고 보면 L의 운동화이자 제 운동화이기도 한 그 운동화는, 제가 살아오는 동안 가장 질리게 신었던 신발이 아닌가 싶습니다.

제가 신발을 버린 것은, 신발장에 빈자리를 마련해 놓기 위해서였습니다. 28년 만에 복원되는 운동화를, L의 운동화이자 저의 운동화이기도 했던 운동화를 놓아둘 빈자리를요.

창세기 4장에 등장하는 카인과 아벨 형제 이야기를 아시는지요. 카인은 농부였고, 아벨은 양치기였습니다. 여호와가 아벨과 그의 제물은 굽어보지만, 자신과 자신의 제물은 굽어보지 않자 카인은 들에서 아벨을 돌로 쳐 죽입니다. 카인에게 여호와가 묻습니다. "네 아우 아벨이 어디 있느냐?" 카인이 대답하지요. "알지 못하나이다. 내가 아우를 지키는 자이나이까." 그러자 여호와가 말합니다. "네가 무엇을 하였느냐. 들어 보아라. 네 아우의 핏소리가 땅에서부터 내게 호소하느니라. 땅이 그 입을 벌려 네 손에서부터 네 아우의 피를 받았은즉 네가 땅에서 저주를 받으리니, 네가 밭을 갈아도 땅이 다시는 그 효력을 네게 주지 아니할 것이요, 너는 땅에서 피하며 유리하는 자가 되리라."

만약 카인과 아벨에게 다른 형제들이 있었다면, 카인이 들에서 자신의 아우 아벨을 쳐 죽일 때 그들은 어디서 무엇을 하고 있었을까요. 아벨이 어디 있느냐는 여호와의 물음에 카인이 알지 못하나이다, 하고 대답할 때 다른 형제들은 서로 눈치를 살피면서 침묵하고 있었던 걸까요.

며칠 전 마포 쪽에 있는 생태찌개 식당에서 옛 직장 동료와 점심을 먹었습니다. 점심시간이면 번호표를 뽑고 기다려야 할 만큼 사람들로 북적거리는 그 식당 입구 한쪽에는 철제로 짠, 사물함처럼 생긴 신발장이 따로 마련되어 있었습니다. 신발장 옆에는 분실한 신발에 대해 식당에서는 책임을 지지 않는다는 문구가 명시되어 있더군요. 생태찌개를 먹으려고 그 식당을 찾은 사람들은 자신들의 신발을 벗어 사물함에 넣고 열쇠로 잠그는 번거로움을 감내해야 했습니다. 신발장이 설치되어 있는 식당이 처음이 아니면서 그날따라 사람들이 신발을 벗어 사물함에 넣고 열쇠로 잠그기까지 하는 행동이 기이하고 낯설었습니다. 사람들이 사물함에 넣는 것이 신발이 아니라 장기 중 하나인 것 같은 생각이 들었습니다. 심장을, 신장을, 간을, 폐를, 쓸개를 꺼내 철제 사물함 속에 넣고 있는 것 같았습니다.

그날 밤 꿈을 꾸었습니다. 신발을 넣은 철제 사물함의 열쇠를 잃어버려 애가 타는 꿈이었습니다. 열쇠를 잃어버렸을 뿐 아니라, 저마다 번호가 매겨진 철제 사물함 중 몇 번 사물함에 신발을 넣었는지 기억이 나지 않아 애가 타는 꿈을요.

10년 만에 다시 프리모 레비의 『이것이 인간인가』를 읽었습니다. 아우슈비츠 생존자 프리모 레비를 복원가님께서도 물론 알고 계시겠지요. 10년 전 그 책을 읽었을 때의 충격과 감동을 고스란히 간직한 채 살아왔다고 생각했는데, 처음 읽는 책처럼 낯설었습니다. 10년 전 제가 읽었던 책이 그 책이 아니면, 그때 제가 읽었던 책은 도대체 어떤 책이었을까요. 10년 만에 다시 꺼내 읽은 그 책에 '신발'에 대한 대목이 있더군요.

복원가님은 고속도로를 달리다가 홀로 나뒹구는 신발을 본 적 있으십니까? 마치 차에 치여 죽은 짐승의 사체처럼, 중앙분리대 근처나 풀숲에서 짝을 잃고 나뒹굴고 있는 신발을요.

신발이 발에 맞지 않아 아프면 저녁에 신발을 바꾸어 신는 의식에 참가해야 한다. 이런 대목에서 개인의 능력이 시험대에 오른다. 믿기 어려울 정도로 많은 사람들 속에서 단 한 번에 자기 발에 맞는 신발 한 짝을(한 켤레가 아니다 한 짝이다.) 골라야 한다. 한 번 고르면 더 이상 교환이 허락되지 않기 때문이다……. 수용소 생활에서 신발이 대수롭지 않은 요소라고 생각해서는 안 된다. 죽음은 신발에서 시작된다.

'죽음은 신발에서 시작된다.'

그 문장을 바꾸어 보았습니다.

'기억은 신발에서 시작된다.'

17

L의 운동화는 세대를 걸쳐 다시 복원될 것이다. 한 세대, 두 세대를 걸쳐서. 내가 하고 있는 복원은 끝이 아니라 과정이다. 현재 내가 L의 운동화에 진행하고 있는 복원 방법은 100년, 혹은 200년 뒤에 있을 복원 작업을 고려한 것이기도 하다.

여전히 한 조각을 맞추는 데 하루에서 이틀이 걸린다. 남은 조각은 서른두 개다. L의 운동화 밑창 굽 부분은 절반 정도가 메워졌다.

조각 맞추기를 계속 진행하는 동시에, 본체의 형태를

잡아 주기 위한 내부 보형물 제작에 들어간다. 본체는 심하게 눌려 있고, 뒤틀려 있다. 발 모양을 본뜬 내부 보형물을 넣어 펴 주어야 한다.

눌리고 뒤틀린 상태로 오랫동안 단단하게 굳어 있었던 탓에 천이나 솜 같은 것으로는 한계가 있다. 딱딱한 재질의 보형물은 L의 운동화를 손상시킬 우려가 있다.

본체의 형태를 잡아 주는 과정은, 신발을 만드는 과정에도 포함되어 있다. 고민 끝에 내가 선택한 나무는 발사나무다. 한 해에 4미터 내외씩 자라는 발사나무는 오동나무보다 가볍고 부드러워 모형 배나 비행기 같은 장난감을 만드는 데 주로 쓰인다.

가로 7센티×세로 5센티인 발사나무 조각을 구해, 발등 모양으로 깎아 나간다. 나는 모서리부터 쳐 나간다. 정육면체인 발사나무 조각의 모서리는 모두 여덟 개다. 모서리를 치면 네다섯 개의 모서리가 생긴다. 네다섯 개의 모서리들을 하나씩 차례로 쳐 나가다 보면 결국에는 둥글게 모양이 잡힌다.

나무 조각칼이 발사나무 조각을 긋고 지나갈 때마다 톱밥 같은 가루가 떨어진다. 네 시간을 꼼짝 않고 매달리자 대충 발등 모양이 나온다.

긴 타원형으로 다듬은 발사나무 조각이 잠이 든 뮤즈

같다.

　L의 운동화 끈을 풀지 않기로 한 점을 고려해, 가운데에 등골 같은 골을 판다.

18

"현대 미술의 재료는 이미 다양하고, 갈수록 더 다양해지고 있습니다. 고철이나 폐지 같은 산업 폐기물, 시계처럼 대량 생산된 공산품, 음식물, 이끼나 나무 같은 식물, 동물의 뼈, 티브이 모니터…… 심지어 작가 자신의 배설물이나 피처럼 거부감과 혐오감을 주는 재료들마저 현대 미술의 큰 흐름으로, 자연스럽게 받아들여지고 있지요. 혁명적이고 전위적이었던 뒤샹의 작품마저도, 어느덧 우리에게는 익숙한 고전이 되었습니다. 수천 년 수백 년 장수를 하는 회화나 조각 중심의 고미술품과 다르게, 현대 미술품들은 재료가 갖는 한계 때문에 태생적으로 단명의 운명을 타고납니다. 전혀 예상하지 못했던 재료들이 등장할 때마다 보존·복원가들은 당혹스러울 수밖에 없습니다. 미술품들의 수명을 늘리는 것이 자신들의 역할이기 때문입니다. 태생적으로 병약하고 면역력이 약한 미술품들을 온전하게 보존할 방안을 마련하는 것 또한 중요한 역할이기 때문이겠지요. 보존·복원가들은 빠르게 변성되고 소멸되는 재료들을 어떻게 하면 오래, 그리고 완벽하게 보존할 것인가, 고민하지 않을 수 없습니다. 훼손된 고미술품의 복원만큼이나 현대 미술품의 보존 또한 중요하기 때문입니다. ……1960년대 초 등장한, 신사실주의라는 뜻의 누보레알리즘은, 산업 제품의 일부분이나 폐품, 일상에 널려 있는 '실제의 사물'을 오브제로 끌어와 가공 없이 거의 그대로 전시합니다. ……현대의 자연은 기계화되고 공업화된 자연이겠지요. 대량 생산된 공산품과 광고로 넘쳐나는 자연이겠지요. 현대의 자연을 있는 그대로 보여 주는 것. 그것이 바로 누보레알리즘의 핵심입니다."

나는 흑판에 '덫에 걸린 그림들'이라고 필기한다.

"누보레알리즘의 중심인물이자, 잇 아트(eat art)의 창시자인 다니엘 스포에리는, 파리의 한 갤러리에서 재미있는 전시를 기획합니다. 전시장을 레스토랑으로 바꾸어 버리는 기획으로, 자신이 요리한 음식을 평론가들에게 서빙을 하게 합니다. 만찬에 초대받은 이들이 식사를 마친 뒤, 먹

다 남긴 음식이 담겨 있거나, 음식물 흔적이 묻어 있는 식
기류들을 식탁 위에 고정해 작품을 완성시킵니다."

나는 강의실에 설치되어 있는 스크린에 영상 자료를
불러온다.

"우리가 지금 보고 있는 작품의 제목은 유명한 「헝가리
식 식사」로, 평론가 장 자크 레베크가 1963년 3월 9일에
한 식사의 기록입니다. ……식사가 끝나고 남은 음식들과
접시, 술잔 등이 널려 있는 식탁의 풍경은 우리가 직면한
현실을 있는 그대로, 덫으로 잡듯이 포착해 보여 줍니다.
누군가는 어떻게 저런 것이 예술이 될 수 있느냐고 따지
겠지요. 그러나 생각해 보면 우연한 것들, 계획에도 없던
것들, 지나가는 것들, 지나가지만 일상에서 반복되는 것
들이 우리의 삶을 결정짓고는 합니다. '덫에 걸린 그림들'
을 통해 스포에리는 무엇을 말하고자 했을까요. 일회적으
로 소비되는 가치를 영원으로 고정시켜 보여 줌으로써 근
원적인 가치에 대해 이야기하려 했던 것이 아닐까요."

불현듯 '덫에 걸린 그림들'의 작업 의도와 과정이, L의
운동화를 복원하고 보존 처리하는 과정과 닿아 있다는 생
각이 든다. '포착'한다는 의미에서, '고정'시킨다는 의미
에서.

쉬는 시간에 휴게실 자판기 앞에서 마주친 여대생이

내게 말을 걸어온다.

"다시 그리고 있어요……. 렘브란트의 자화상이요."

"아, 그런가요?"

나는 여학생에게 그것이 몇 번째 자화상인지 차마 묻지 못한다.

19

문과 나, 한 과장, 그녀가 회의실에 모인 것은 「묵죽도」 복원 작업을 계속 진행하는 것이 가능한지 당사자인 그녀에게 물어보기 위해서다.

그녀가 힘겹게 입을 연다.

"마비요…… 마비가 와서 그래요."

"병원에서는 뭐래요?"

한 과장이 대뜸 묻는다.

"엑스레이도 찍어 보고…… 피 검사도 했지만 뚜렷한 병명도 원인도 찾지 못했어요. 할 수 있는 검사는 다 했지만 모든 게 정상이라고…… 유전적인 원인 때문일 수 있다고 해서 면역 검사도 했지만……."

그녀가 내내 수그리고 있던 고개를 든다. 곤혹스러워하는 눈빛으로 문과 나, 한 과장을 번갈아 바라본다.

문이 이해할 수 없다는 듯 고개를 흔든다. 한 과장의 얼굴에도 답답해하는 기색이 역력하다.

나는 그녀의 이야기가 어쩐지 흥미롭다.

"갑자기 마비가 오면 종이를 잡는 것도 힘들지만, 마비가 지나가고 나면 괜찮아요. 아무튼 지나가고 나면……."

"핀셋을 잡는 것조차 힘든 지경인데 뚜렷한 원인도, 병명도 모른단 말인가요?"

문의 취조하는 듯한 질문에 그녀의 눈빛은 평정을 되찾는다. 그녀의 얼굴 표정은 무생물처럼 느껴질 정도로 담담하다.

"류마티스관절염 아니었어요?"

한 과장은 눈을 동그랗게 뜨고 그녀를 바라본다.

"아니요……."

그녀의 목소리는 낮지만 완강하다.

"류마티스관절염 때문에 그만둔 거 아니었어요?"

한 과장이 알고 있는 것처럼 다들 류마티스관절염 때문으로 알았다. 십수 년 전 그녀가 돌연 K미술관 수복실에서 사라진 이유가.

강 선배가 분명 말하지 않았는가. 「묵죽도」를 복원할

복원가로 그녀를 추천하면서, 류마티스관절염이 다 나은 것 같다고.

"류마티스관절염은, 회복되었어요."

그녀가 나를 바라보며 또박또박 말한다.

류마티스관절염을 완강하게 부인해서일까. 나는 어쩐지 엑스레이로도, 피 검사로도, 면역 검사로도 찾지 못한 마비의 원인을 그녀 자신은 알고 있을 것 같다.

"이소연 선생, 그러지 말고 정신과 상담을 한번 받아보는 게 어떻겠어요?"

문의 뜻밖의 제안에 당사자인 그녀보다 한 과장이 더 정색을 한다.

"정신과 상담을요?"

"농담으로 하는 말이 아닙니다."

문의 뜻밖의 제안에 당사자인 그녀는 정작 담담하다. 농담이 아니라는 걸 잘 알고 있을 뿐 아니라, 이미 그런 제안을 받은 적이 있는 듯.

"제 처형이 중학교 음악 선생인데 어깨 통증 때문에 10년 넘게 고생을 했거든요. 어깨 통증이 심해서 장시간 차를 타지 못해 명절에도 부산 시댁에 못 내려갈 정도였으니까요. 별의별 검사를 다 받았는데, 그때마다 다 정상으로 나오더래요. 처가가 독실한 기독교 집안이에요. 처형 자신이 교회 권사이기도 하고요. 권사라는 양반이 오죽 답답하면 용하다는 무당을 찾아가 굿 할 생각까지 했겠습니까. 그런데 무당이 글쎄 수백만 원을 요구해 오는 통에 무슨 짓인가 싶어 그만두었다더군요. 아무튼 처형이 휴직계를 낼 정도로 어깨 통증이 악화되었을 때 우연한 기회에 정신과 전문의 상담을 받게 되었고, 불안장애 판정을 받았대요. 정신과에서 처방해 준 약을 복용한 뒤로는 거짓말처럼 어깨 통증이 감쪽같이 사라졌다지 뭡니까. 처형 말로는 정신적인 문제가 그렇게, 육체적인 증상으로 나타나는 경우가 종종 있다고 하더군요. 처형이 그러더군요. 정신과 의사하고 상담을 하면서 깨달았다고요. 음악실에 두 시간 넘게 갇히는 일을 겪은 뒤로 어깨 통증이 시작되었다는 것을요. 남자 중학교에서 근무할 때였는데, 남학생들이 장난으로 음악실 문을 잠갔나 봅니다. 음악실이 외떨어져 있는 데다, 핸드폰을 교무실 책상에 놓고 와서 꼼짝없이 음악실에 갇혀 있어야 했답니다. 음악실 창문을 열고 자신을 꺼내 달라고 소리치고 싶었지만, 차마 부끄러워서 그럴 수 없었다고요. 처형은 남학생들이 자신을 미워할 뿐 아니라 해치려 한다는 피해망상에서 벗어날 수 없었고, 결국은 전근 신청을 해 다른 중학교로 전근을 갔다고 했습니다."

"그럴 수도 있겠어요. 왜, 스트레스가 만병의 근원이라고 하잖아요."

한 과장이 고개를 끄덕인다.

문은 그녀에게 정신과 상담을 받아 볼 것을 다시금 권유한다. 그녀가 원하면 자신의 처형이 최초로 상담을 받은 정신과 의사가 어느 병원에서 근무하는지 알아봐 주겠다는 제안까지 한다.

나는 강 선배가 이 자리에 없는 것이 안타깝다. 정신과 약을 복용하고 있는 그가 이 자리에 있었다면 그녀에게 어떤 조언을 했을까.

당사자인 그녀는 아무 말이 없다.

이야기가 길어지는 바람에 약속 시간에 늦은 문이 서둘러 일어선다. 한 과장도 은행에 다녀와야 한다면서 자리를 뜬다. 공교롭게도 회의실에는 그녀와 나, 그렇게 둘만 남는다. 실습생 최를 다급히 부르는 문의 목소리가 복도에서 들려온다.

복도에 떠돌던 소란이 잦아들고 나서야, 그녀가 고집스럽게 다물고 있던 입을 연다.

"얼마 전에 정신분석학자 프랑수아즈 돌토의 글을 읽었어요. 약속이 있어서, 홍대 쪽에 있는 북 카페에 갔다가, 마침 그곳에 그녀의 책 『인간의 욕망과 기독교 복음』

이 있어서……. 그녀의 글을 전부터 읽고 싶었지만, 애써 찾아 읽게 되지는 않았어요. 그녀가 정신분석가의 길로 들어선 동기에 대해서는 오래전에 알고 있었어요. 그녀의 어머니가 우울증이 있는 데다 엄격한 기독교 신앙인이었대요. 그녀가 열두 살이던 해 언니가 죽었다네요. 그런데 어머니가 딸의 죽음을 두고서, 또 다른 딸인 그녀에게 그랬대요. 네가 기도를 열심히 하지 않아서 언니가 죽은 것이라고……."

"끔찍한 말이군요."

"어린 그녀에게 어머니의 그 말은 정신과 치료를 받을 정도로 충격이 컸나 봐요. 왜 아니겠어요. 그 결과 그녀가 정신과 의사가 되었지만요. 어머니로부터 그토록 혹독한 말을 들었을 때 그녀의 내부에 대못처럼 박혔을 죄의식이 궁금했어요. 그 죄의식을 그녀가 극복했다면, 어떻게 그것을 극복했는지도 알고 싶었어요……."

나는 그녀가 다시 말을 할 때까지 묵묵히 기다린다.

"그 책에 간음하는 여자에 대한 이야기도 나오는데…… 돌토는 죄가 '어느 순간 마비되는 것'이라고 했어요."

"마비요?"

"마비요. 죄가 어느 순간 마비되는 것이라고……."

나는 그제야 그녀가 자신에 대해서 이야기하고 있다는 것을 깨닫는다. 의학적으로 밝히지 못한 마비의 원인을 그녀 자신은 알지 모른다는 내 짐작은 빗나가지 않았다.

"지금은 어떤가요? 손이요."

"괜찮아요. 작업을 할 수 있을 것 같아요. 박제 새가 양쪽 손목에 매달려 있는 것 같은 착각이 들 만큼 마비가 심할 때도 있지만 지금은……."

"빈번한가요? 마비가……."

"저 자신도 예측하기 어려워요. 심한 날도 있고, 그렇지 않은 날도 있어서요. 하루 종일 지속되는 날도 있고요. 그런 날은 아무것도 할 수 없어요……."

그녀가 장갑을 벗어 놓아두듯 자신의 두 손을 탁자 위에 나란히 올려놓는다. 터진 곳이 없는지 살피듯 자신의 두 손을, 손가락 하나하나를 세심하게 살핀다. 파리하니, 뼈와 힘줄이 도드라진 손이다. 가는 편인 손가락들 마디가 기형적으로 불거져 있어서인지, 뭔가를 놓지 못하고 꽉 움켜쥐고 있는 것 같다. 낮달처럼 창백한 손톱들은 바짝 깎여 있다. 손톱들이 탈락한 자리에 부러진 새의 부리 조각을 대충 심어 놓은 것 같다.

그녀는 자신의 앞에 놓여 있는 손이 자신의 손이라는 것을 부인하듯 고개를 가로젓는다. 저 손이 그녀의 손이 아니면 누구의 손인지, 나는 그녀에게 묻고 싶다.

무의식 속에서 그녀의 손은 여전히 아들의 풀어진 운동화 끈을 묶고 있는 게 아닐까. 운동화 왼짝과 오른짝이 바뀐 줄 모르고 운동화 끈이 또 풀어질까 세게 당겨 묶고 있는 게.

"한 달에 한 번은 아들을 보러 다녀왔는데, 지난달에는 가지 못했어요. 아들을 보러 가기로 한 날 마비가 심하게 와 웃옷 단추를 잠그는 것조차 엄두가 나지 않아서요. 칫솔질도 할 수 없어서…… 빗질도, 세면기 수도꼭지를 트는 것도……."

"……."

"……아들이 보고 싶어요."

20

새벽 3시의 43번 국도는 출구 없는 터널 속 같다.

그녀는 뚫어져라 정면을 응시하다가도 문득 고개를 돌려 나를 응시한다. 심야 고속버스에서 자신의 옆자리에 탄 생면부지의 낯선 사람을 바라보듯. 운전을 즐기지 않는 나로서는 새벽의 낯선 국도를 달리는 것이 몹시 예외적인 일이다.

나는 그녀를 아들에게 데려다주는 길이다. 아들이 보고 싶다는 그녀의 말이 내게는 자신을 아들에게 데려다 달라는 요청으로 들렸다.

"조금만 더 가면 나와요, 9킬로미터쯤 더 가면……."

그녀의 말에 나는 거의 반사적으로 계기판 숫자를 살

핀다. 96569에서 96570으로 숫자가 올라간다.

"아들을 시설에 데려다주고 돌아오는 길에, 방금 지나친 횟집을 보았어요. 바다로부터 먼 곳에, 더구나 국도 변에 횟집이 있는 것이 신기해서 기억해 두었어요."

그녀가 중얼거리는 소리에 집중하려 애쓰면서 나는 주행거리 계기판을 살핀다.

"그 횟집에서 저녁을 먹고 가려고 했거든요. 해물탕이나 매운탕 같은 걸……. 간판 불은 켜져 있는데, 영업을 하지 않았어요. 수족관도 비어 있었고요. 머리가 희끗희끗한 사내 혼자 식당을 지키면서 티브이를 보고 있었어요."

계기판 숫자가 96578을 가리키는 동시에 나는 속도를 줄이고 국도 변 풀숲에 다급히 차를 세운다. 그녀가 말한 횟집으로부터 9킬로미터 떨어진 지점이다.

불빛이라고는 내 차가 내쏘는 전조등 불빛뿐이다. 불빛 끝에 높이가 2미터는 될 것 같은 미루나무가 탈옥을 감행하다 발각된 포로처럼 서 있다. 차가 계속 달리는 것으로 착각하고 있는 게 아닐까 싶게 그녀는 아무 소리가 없다.

"저쯤이었어요……."

그녀의 손이 천천히 들리더니 도로 한 지점을 가리킨다.

"저쯤에 토끼가 웅크리고 앉아 있었어요."

나는 그녀가 어떻게 그렇게 한 지점을 짚어 보일 수 있는지 의아하다. 그녀 남편의 차는 아무리 못 달려도 시속 70킬로 이상으로 달리고 있었을 것이다.

"압박붕대로 친친 감아 놓은 돌덩어리처럼, 토끼가 꼼짝 않고 앉아 있었어요."

그녀의 목소리가 한없이 느리고 낮아 꿈을 꾸는 것 같다. 국도는 텅 비어 있다.

"남편은 토끼를 못 봤다고 했어요."

전에도 그녀는 그렇게 말했다.

"나는 남편이 거짓말을 한다고 생각했어요. 남편이 거짓말을 하고 있다는 의심을 떨치기가 힘들었어요. 남편이 진실을 말해 주기를 바랐어요. 그래서 제발 진실을 말해 달라고 남편에게 요구하고, 요구했을 거예요. 내 요구가 지긋지긋했는지 남편이 마침내 토끼를 봤다고 말했어요. 프로야구 경기 소식을 전하는 티브이에 시선을 고정한 채, 내가 하도 물으니까 지긋지긋했는지 자백하듯, 실은 자기도 토끼를 봤다고, 봤지만 어쩔 수 없었다고 말했어요. 토끼가 멍청한 것은 알았지만, 그렇게 멍청할 줄은 몰랐다고……. 그런데 남편이 막상 시인을 하고 나니까, 차라리 토끼를 봤다고 말하는 편이 속 편할 것 같아 그렇게 말한 게 아닌가 하는 의심이 들었어요. 진실을 알고 싶어서 잠든 남편을 흔들어 깨워 물어보았어요. 자정 즈음 술에 취해 들어와 잠이 든 남편을 깨워, 부탁이니까 진실을 말해 달라고 했어요. 그날 밤 결혼 후 처음으로 남편이 내게 주먹을 휘둘렀어요. 자신도 더는 못 참겠다면서……."

그녀는 그것이 17년 동안 지속된 결혼 생활 동안 남편이 자신에게 최초로 휘두른 폭력이었다고 말한다. 여자에게 폭력을 휘두르는 남자들을 야만인 취급하던 그녀의 남편이 최초이자 최후로 휘두른 폭력이었다고.

그녀는 그렇게 아무에게도 하지 못했던 이야기를, 어쩌면 그녀의 남편이었던, 그녀와 17년을 부부로 살았던 남자에게조차 털어놓지 못했던 이야기를 내게 털어놓는다.

진실은 중요하지 않다고 그녀는 말한다. 남편이 토끼를 보았는지, 보지 못했는지 진실을 가려내는 것은 중요하지 않다고. 설사 남편이 토끼를 보았다고 하더라도, 그녀 자신보다 먼저 토끼를 보았다 하더라도, 어쩔 수 없었을 거라고.

"피할 수 없었을 거예요."

"……."

"누구라도 토끼를 피할 수 없었을 거예요……."

그녀는 내내 뜨고 있던 눈을 감고 중얼거린다. 맞은편

에서 차들이 줄지어 달려오고 있었던 데다, 남편의 차 뒤를 트럭이 바짝 붙어서 따라오고 있었다. 그러므로 남편이 설사 토끼를 보았다고 해도, 토끼를 피하기 위해 차 속도를 늦출 수도, 방향을 틀 수도 없는 상황이었다. 그녀 자신이 운전대를 잡고 있었다고 해도 그대로 내달렸을 것이다.

"그날 새벽 술에 취해 마구 폭력을 휘두른 사람은 남편이 아니라 나인지 모르겠어요. 분노로 단단히 뭉친 주먹을 무자비하게 휘두른 사람은……."

그날 새벽 피를 흘리던 얼굴은 자신의 얼굴이 아니라 남편의 얼굴이었다고 그녀는 말한다. 상한 부활절 달걀처럼 시퍼렇게 부어오르던 얼굴은 그녀의 얼굴이 아니라 남편의 얼굴이었다.

트럭이 내 차를 향해 전조등 불빛을 부라리고 지나간다.

"토끼예요……."

그녀가 중얼거린다. 그러나 내 눈에는 토끼가 보이지 않는다.

"저도 토끼를 만난 적이 있습니다. 43번 국도가 아니라, 7번 국도에서. 그게 벌써 10년 전이네요. 경주에 내려갔다가……."

나는 차 속도를 높이면서 말한다.

"7번 국도요?"

"어쩌면 토끼가 아니었는지도 모르겠습니다. 고라니나 고양이였는지도요. 토끼라고 해 두지요. 경주 남산에 다녀오는 길이었습니다. 천 년 전 석공들이 화강암을 일일이 정으로 쪼아서 만든 석불(石佛)들을 보려요."

그녀는 자신도 경주 남산에 다녀온 적이 있다고 말한다. 6년 전 괘불탱화를 수리, 복원하는 과정이 궁금해 경주 쪽에 있는 사찰에 내려갔다가 남산을 둘러보았다. 그 사찰에서 마침 복원가 다섯 명이 300년 된 괘불탱화에 매달려 1년 넘게 수리 복원 작업에 매달리고 있었다. 빛은 더해질수록 밝아지지만, 안료는 더해질수록 어두워진다는 것을 그녀는 그때 새삼스럽게 깨달았다.

그녀가 남산에서 만난 석불들, 천 년 이상 세월을 버텨 온 석불들은 금 가거나 깨지고, 마모되어 성한 곳이 없었다. 얼굴은 풍화 작용에 의해 이목구비가 마멸되어 있었다. 국자처럼 오목하게 파인 바위에 새겨 넣은 마애불들도 풍상을 겪어 윤곽만 흐릿하게 남아 있었다.

10년 전 내가 남산을 찾은 것은 화강암을 깎아 만든 석불들과 마애불들을 어떻게 보존, 복원하는지 알기 위해서였다. 남산에서 만난 석불들과 마애불들은, 비와 바람과 빛에 의한 풍화뿐 아니라 생물에 의한 풍화로 인해 파손 상태가 심했다. 진균류, 조류, 지의류, 선태류, 초본식물, 해충류 같은. 미생물의 부착은, 화학적 풍화 중에서도 생물 화학적 풍화에 속했다. 선태류, 지의류, 곰팡이, 세균 같은 미생물과 하등 생물이 부착되면서 변색과 표면 약화를 일으켰다. 내가 남산에서 만난 거의 모든 석불과 마애불이 미생물 부착 현상을 보이고 있었다.

"남산에서 목이 잘린 석불들을 보았습니다. 얼굴이 온데간데없고 잘린 목 아래 몸체만 덩그러니 남은 채로 골짜기나 절벽을 지키고 앉아 있는 석불들을요."

사라진 얼굴을 찾아서 잘린 목 위에 얹기만 하면 통일 신라의 대걸작 불상이 될 몸체들이 더러 있었다. 천재지변에 의해 얼굴이 날아갔거나, 임진왜란과 일제 강점기 때, 육이오 전쟁 때 목이 잘린 석불들이었다.

"얼굴을 보았어요."

"얼굴이요?"

"석불의 얼굴이 그늘지고 습한 풀숲에 떨어져 있었어요. 선홍색 이끼가 얼굴을 뒤덮고 있었어요. 핏빛에 가까운 선홍색이라 얼굴의 이마를 중심으로 점점이 번진 이끼가 피딱지 같았어요……."

나도 얼굴을 보았다. 1925년 남산의 절골이라는 골짜기에서 발견되었다는 여래상의 얼굴이었다. 여래상의 얼굴은 천진난만한 아기의 얼굴이었다.

"이끼를 떼어 주고 싶었어요……. 피딱지처럼 들러붙은 이끼를 손으로 긁어서 떼어 주고 싶었어요. 아들을 시설에 보내고, 마비 증세가 가장 심하게 나타날 때였어요. 아파트 엘리베이터 버튼을 누르는 것이 엄두가 나지 않을 만큼 마비 증상이 심해, 12층에서 내려 5층 집까지 비상계단을 통해 걸어 내려온 적도 있을 정도로요."

"문 선생의 제안, 흘려듣지 않았으면 싶어요."

"언제부터인가 아들이 내 얼굴을 쳐다보려고 하지 않아요. 눈도 마주치려고 하지 않아요."

그녀의 아들이 지내고 있다는 장애인 복지시설은 야트막한 산 밑에 자리하고 있다. 3층 높이의 붉은 벽돌 건물 두 채가 쌍둥이처럼 나란히 서 있다. 창문들마다 알루미늄 방범창이 설치되어 있다. 사무실이 업무를 시작할 때까지 그녀와 나는 차 안에서 기다린다. 아침 배식 준비가 한창인지 밥 짓는 냄새와 반찬 냄새가 차 안까지 비집고 들어온다.

그녀가 머리를 매만지고 차에서 내린다. 걷잡을 수 없이 잠이 쏟아진다. 붉은 벽돌 건물들 쪽으로 걸어가는 그녀를 끝까지 지켜보지 못하고 나는 고개를 떨군다.

21

보존연구소로 들어서던 나는 뭔가 달라진 것을 감지한다. 보존연구소에서 변화가 감지될 때는 대개 낯선 미술 작품이나 물건이 들어왔을 때다. 그러나 내가 알기로 새로 보존연구소에 들어온 작품이나 물건은 없다.

플라스틱 상자 속 온도와 습도를 체크하던 나는, 직감적으로 감지되던 변화가 L의 운동화 때문이라는 것을 깨닫는다.

냄새…… L의 운동화를 내 작업대로 가져온 뒤로 작업실뿐 아니라 보존연구소 전체에 떠돌던, 짐승의 시취처럼 퀴퀴하고 찜찜하던 냄새가 사라지고 없다. 지금 작업대를 중심으로 희미하게 떠도는 냄새는, 내게 너무나 익숙한 화학 약품 냄새다.

공기 정화기를 하루 종일 돌려도 잡히지 않던 냄새가, 화학 약품 냄새로도 희석되지 않던 냄새가, 갑자기 사라져서 나는 당혹스럽다. 익숙해지기는커녕 극복이 안 되던 냄새가.

냄새는 시차를 두고 조금씩 옅어지다가 사라진 것이 아니라 어느 한순간 갑자기 사라졌다. 나는 냄새가 언제까지나 사라지지 않을 줄 알았다. 마침내 복원 작업이 끝나고 L의 운동화를 작업대에서 치운 뒤에도 사라지지 않고 아우라처럼 떠돌 것 같았다.

혹시나 내 후각에 문제가 생긴 게 아닌지 의심한다. 보존연구소로 오는 동안 맡았던 냄새들을 더듬어 본다. 숯불갈비 식당을 지날 때 맡았던 양념한 고기가 타는 냄새를, 분식 식당을 지날 때 맡았던 만두 찌는 냄새를, 음식 쓰레기가 부패하는 냄새를, 와플 전문점 앞을 지날 때 맡았던 다디단 메이플 시럽 냄새를.

작업실에 들어설 때마다 각오를 해야 할 만큼 나를 괴롭히던 냄새가 환취는 아니었을까? L의 운동화를 복원해야 한다는 강박과 부담이 만들어 낸 냄새가.

나는 L의 운동화를 내려다본다. L의 운동화는 여전히

아무 말이 없다. L의 운동화를 내 작업대로 가져온 지도 어느새 두 달이 지났다.

나는 늘 그렇듯 플라스틱 상자 뚜껑을 열고 온도와 습도를 확인한다. 19.2도, 52퍼센트. L의 운동화는 밑창을 위로 향하고 있다.

냄새가 사라지고 사흘이 지나서야 나는 작업을 다시 진행한다. 여전히 작업하는 시간보다 지켜보는 시간이, 기다리는 시간이 더 길다.

나는 집게로 조각을 하나 집어 든다. L의 운동화 밑창으로 조각을 가져간다. 조각을 이리저리 맞추어 보다가 도로 내려놓고 다른 조각을 집어 든다. 남은 조각은 스무 개 남짓이다. 정답이 없던 퍼즐 맞추기는 70퍼센트 정도 진행되었다. 과정들을 다시 반복하라고 하면 도무지 엄두가 나지 않아 고개를 절레절레 저을 것 같다. 두 달이라는 그리 길지 않은 기간 동안 한없이 더디게 진행한 복원 작업의 전 과정이 기적처럼 생각된다. 작업대로 가져왔을 때 L의 운동화는 손으로 슬쩍 집어 드는 것조차 치명적이었다. 어느 정도의 파손을 감수하고 그것에 손을 댈 수밖에 없었다. 표면 장력이 약한 자일렌이라는 물질조차 받아들이지 못할 만큼 최악이던 상태를 생각하면 기적이 아닐 수 없다.

가장 기적처럼 생각되는 부분은, L의 밑창 굽 부분의 패턴을 찾은 것이다. 끊어진 두 개의 선이 단서가 되어 주기는 했지만, 백악기 시대 무척추동물이 남긴 흔적 화석들은 굽 부분의 패턴을 찾는 데 결정적인 역할을 했다. 흔적 화석들 속에 잃어버린 패턴이 있었던 것은 아니지만, 그것들을 살피던 어느 순간 나는 물결무늬가 앞부분과 다르게 세로 방향으로 진행되었으리라는 결론에 도달했다. 복원 작업은 이성적이고 과학적이며 분석적인 작업이지만, 그것만으로 해결이 안 되는 지점이 아주 간혹 있다. 우연과 영감이 개입을 하는 그 어떤 지점이 복원 작업에도 존재하는 것이다. 미처 예상하지 못했던 순간에 찾아오는 그 어떤 지점은, 복원가인 내게 전율을 일으키는 지점이기도 하다.

L의 운동화가 풍기던 냄새가 사라진 뒤로, 화학 약품 냄새가 그 자리를 차지한다.

"고비는 넘긴 것 같습니다."

L의 운동화를 앞에 두고 나는 조심스럽게 말한다.

"그런 것 같네요."

채 관장은 L의 운동화에서 눈을 거두지 못한다. 전날

나는 그녀에게 보존연구소에 들러 줄 것을 요청했다. 밤새 과중한 업무에 시달리기라도 한 듯 피곤해 보이는 그녀의 얼굴에 만감이 교차하는 것이 고스란히 느껴진다.

그녀는 피격 당시 L을 부축했던 여섯 명 중 하나는 아니었지만, L이 응급실 침대에서 생사를 다툴 때 신문지 한 장을 깔고, 또 한 장을 덮고 L의 곁을 지켰던 학생들 중 하나였다.

문득 L의 운동화가 그의 입을 빌려 말을 하고 있는 것은 아닌가, 하는 생각이 든다. 그러니까 L의 운동화가 아무 말도 하지 않고 있는 것이 아니라, 그녀를 통해 끊임없이 내게 말을 하고 있는 것이 아닌가 하는.

"실은 냄새가 났었습니다. L의 운동화를 관장님으로부터 인수받아 제 작업대로 가져온 날부터 보존연구소에 이상한 냄새가 떠돌았었습니다. 인공 유기물이 썩으면서 풍기는 냄새가 아니라, 생명체가 썩으면서 풍기는 냄새였습니다. 살이 짓무르고, 피가 썩고, 오장육부가 부패하면서 풍기는 냄새였습니다. 그 냄새를 극복하기가 쉽지 않았습니다. 실은 그 냄새를 극복하지 못했습니다. 도무지 극복이 안 되던 그 냄새가 어제 갑자기 사라졌습니다. 다른 사람들은 맡지 못하던 그 냄새를 저만 맡은 것도 기이하지만, 그 냄새가 서서히 사라지지 않고 어느 날 갑자기 사라진 것도 기이합니다."

"저도 고백을 하자면, L의 운동화를 복원가님께 들려
보낼 때 무척이나 두려웠어요. L의 운동화가 제게 왔을
때보다 더 두려웠어요. L의 운동화가 그렇게까지 훼손된
것이 온전히 제 책임이라는 자책감을 떨치는 게 쉽지 않
더군요."

"고비는 넘겼지만, 남아 있는 작업이 만만치 않습니
다."

"절반의 성공이라는 말을 인이 박이도록 들었어요."

그 말이 자조적으로 들려 나는 그녀를 바라본다.

"6월항쟁이요."

"네……."

"대통령 직선제 개헌을 이끌어 냈지만, 군부 독재의 중
심에 있던 인물을 대통령으로 뽑고 말았으니 말이에요.
중요한 것은 그것이 절반의 성공이든 실패든, L 자신이
원했든 원하지 않았든, L이 6월항쟁의 기폭제가 되었다는
사실 아니겠어요."

그녀가 말하는 동안 플라스틱 상자 속 온도가 1도 올
라, 22도에서 23도로 바뀐다.

"제주도에 두 달 남짓 머문 적이 있는데, 그때 묵었던
민박집 주인이 팔순 할머니였어요. 자식들은 장성해 육

지로 나가고 혼자 민박을 치면서 살고 계셨어요. 하루는 할머니하고 막걸리를 마시다가 불쑥 4·3사건에 대해 여쭈어 보았어요. 4·3사건을 실제로 겪은 분으로부터 생생한 증언을 듣고 싶었거든요. 처음에는 말도 꺼내지 말라고 손사래를 치시더니, 술기운이 어느 정도 오르자 4·3사건 때 당신의 친정 마을에서 벌어졌던 해괴한 일에 대해 들려주셨어요. ……운동장 같은 곳에 마을 사람들을 죄다 모아 놓고는 이등분하듯 선을 하나 긋더니, 그 선을 중심으로, 서고 싶은 곳으로 가서 서라고 하더랍니다. 선 이쪽이든 저쪽이든 서고 싶은 곳으로 가서 서라고요. 마을 사람들은 영문을 몰라 하면서도 시키는 대로 일부는 선 이쪽으로, 일부는 저쪽으로 가서 섰대요. 그런데 선 이쪽으로 가서 선 사람들은 살고, 저쪽으로 가서 선 사람들은 죽었다네요. 그 선이 말하자면, 생과 사를 가르는 선이었던 거예요. 할머니의 숙모 되는 분은 처음에는 선 이쪽으로 가서 섰다가, 친정 언니가 손짓을 해 저쪽으로 건너갔대요. 친정 언니가 오라니까 멋모르고 건너갔다가요. 친정 언니의 손짓이 저승에 함께 가자고 부르는 손짓인 줄도 모르고 건너갔다가요."

"그런 일이 다 있었나요?"

나는 믿기지 않아 고개를 가로젓는다.

"4·3사건에 관심이 있는 친구가 있어서 그 친구하고 꼭 다시 내려오겠다고 약속을 하고는 못 지켰어요. 재작년 가을에 제주도에서 열리는 세미나에 갔다 할머니 생각이 나서 찾아갔는데 돌아가시고 이 세상에 안 계시더군요. 민박집이 사라진 자리에 서 있는 펜션을 보고 있으려니까 기분이 묘했어요."

"일본군 위안부 피해자도 쉰한 분 남으셨다고 신문에서 읽은 기억이 납니다."

"저도 읽은 것 같아요."

"아직까지는 쉰한 분이 살아 계시지만 다들 연세가 있으시니까 한 분 한 분 세상을 떠나시겠지요? 한 분, 한 분 그렇게 세상을 떠나, 한 분밖에 살아 계시지 않은 날이 오겠지요? 단 한 분밖에 살아 계시지 않는 날이…… 그리고 결국 단 한 분도 살아 계시지 않는 날이 오겠지요? 그분들이 다 돌아가시면 누가 증언을 할까요?"

그래서 기록이 중요한 것 아니겠느냐는 말을 나는 구태여 하지 않는다.

22

28년이라는 시간을 두고 발생한 부스러기들…… 밑창에 금이 가고, 그 금이 세력을 확장하듯 사방으로 번지고, 번진 금들이 비명을 지르듯 벌어지면서 발생한…… 굽 부분의 낱낱으로 떨어진 조각들이 삭고 마모되면서 발생한…….

흰 플라스틱 용기 속, 한 스푼 분량의 부스러기들이 금방이라도 날벌레 떼처럼 날아오를 것 같다.

부스러기들을 버리지 못하는 것은, 그것이 L의 운동화 밑창의 일부분이기 때문이다.

부스러기들을 박제시킬 수 있을까? 날벌레처럼 작고 가볍고, 심이 거의 닳은 검정 모나미 볼펜으로 꾹 눌러 찍은 듯 흐릿한 부스러기들을.

23

밑창 굽 부분에서 탈락한 조각들을 맞추는 것은, 상실된 조각들이 있다는 것을 알면서도 완성해야만 하는 퍼즐 맞추기와 같다.

설사 모든 조각이 온전하게 보존되어 있다 하더라도, 그리고 그 조각들을 완벽하게 맞춘다 하더라도, L의 운동화 밑창에는 복원이 불가능한 지점들이 존재한다. 모세혈관처럼 미세한 금들뿐 아니라 땀구멍처럼 미미한 구멍들이 규칙 없이, 마치 망각의 지점들처럼.

지름이 0.3밀리미터 내외인 구멍을 디지털 현미경으로 들여다본다. 30배 확대된 구멍을 들여다보던 나는 자신도 모르게 어깨를 떤다. 그 구멍으로 나라는 존재가 통째로 삼켜지는 것 같아서.

구멍 앞에서 두려워하는 존재는 인간밖에 없다던가. 불안을 느끼는 존재는. 그래서 인간은 구멍을 보면, 그 구멍을 채우려 한다고. 그래서 인간에게는 무(無)라는, 없음이라는 개념이 있는 것이라고.

수년 전 나는 충무로 쪽에서 정신분석 강의를 들었다. 40대 중반의 정신분석가는 프로이트의 이론을 바탕으로 유아기의 성욕에 대한 강의를 하면서 구멍에 대해 이야기했다. 그때 마침 나는 현대 작가의 회화 작품을 복원하는 작업을 하고 있었다. 들뜬 물감들이 결락되면서 발생한 '구멍'들을 일일이 메우는 작업을 하고 있던 터라 꽤나 관심 있게 들었다.

인간과 다르게 짐승은 구멍을 찾아다니고, 심지어는 구멍을 판다. 동물은 숨기 위해 구멍을 파기 때문에, 구멍을 무서워하지 않을 뿐 아니라 채우려 하지 않는다. 유아기의 성욕에서 아이들은 구멍인 구강과 항문을 통해서 세계와 만난다. 쾌락을 추구하는 구멍이기도 한 구강과 항문은 안과 밖이 교차하는 지점이다.

젖가슴, 똥, 시선, 목소리 같은 충동의 대상들의 공통점은 다 떨어져 나간 대상들이라던 이야기도 무척이나 흥미로웠다. 애초에 엄마의 젖가슴은 아이의 것이지만, 어느 순간 떨어져 나간 것이다. 아이에게서 떨어져 나가면서 젖가슴은 구멍이 된다. 누군가의 시선이 떨어져 니갔을 때 그 시선은 떨어져 나간 시선으로, 구멍이 된다. 프로이트는 잃어버린 대상은 영원히 잃어버린 대상으로 보았다. 떨어져 나간 대상은 영원히 떨어져 나간 대상으로.

L의 운동화 밑창에 존재하는 구멍들이, 떨어져 나간 시선들 같다. 떨어져 나간 목소리들 같다.

L의 운동화 밑창 앞부분, 금 가고 탈락한 부분들을 아크릴릭 젤로 메우는 작업을 진행한다. 흰색을 띠는 아크릴릭 젤은 내수성과 부착성이 뛰어나 세세하고 자잘한 균열과 구멍을 보수하는 데 적당하다. 나는 굽 부분의 탈락한 조각들을 맞추는 작업 또한 동시에 진행한다.

금들과 구멍들뿐 아니라 조각들 이음새를 아크릴릭 젤로 메운다. 아크릴릭 젤은 경화제로, 건조가 빠르고 무해해 미술품의 복원 작업뿐 아니라 의료와 미용 분야 등 광범위하게 사용되는 물질이다.

치과에서 사용하는 티스푼보다 작고 납작한 도구로 아크릴릭 젤을 떠 금들을, 구멍들을 메운다.

아주 조금씩, 멸치 눈알만큼.

나는 가능하면 최소한의 아크릴릭 젤을 사용하려고 한다. L의 운동화 밑창이 검은색이라, 아크릴릭 젤로 성형한 부분들은 눈에 띈다. 검은색과 흰색이 마치 나뉘다 만 낮과 밤처럼 L의 운동화 밑창에 어색하게 공존한다. 아크릴릭 젤로 성형한 부분은 나중에 밑창과 가장 흡사한 색을 입힐 계획이다.

아크릴릭 젤로 금들을, 구멍들을 메우는 동안 채 관장으로부터 이메일이 한 통 와 있다.

……명동에 약속이 있어서 나갔다가 운동화를 한 켤레 샀어요. L에게 운동화를 한 켤레 사 주고 싶어서요.

L의 발 치수가 270밀리인 줄 몰랐어요. L의 운동화 치수가 이상하게 궁금하지 않았어요. 치수가 중요하지 않아서가 아니라, L의 운동화가 지닌 상징이 너무 강해서 치수 생각을 미처 못했던 것 같아요.

복원가님이 L의 운동화 치수를 물어 올 때 내가 당혹스러워했던 것은 그 때문일 거예요.

운동화가 너무 많아서 어떤 운동화를 골라야 할지 막막하더군요. 대학생처럼 보이는 점원이 다가오더니 이런저런 기능성 운동화를 권하는데, 운동화 값이 만만치 않았어요. 내가 선뜻 운동화를 못 고르고 주저하자 점원이 어떤 기능의 운동화를 찾는지 묻더군요. 그래서 가볍게 산책할 때 신을 운동화가 필요하다고 했어요. 집 근처 천변이나 공원을 산책할 때 신을 운동화가요……. 퇴근 후 집에 돌아와 저녁을 먹고 아내와 아이들과 함께 산책할 때 신을 운동화가 필요하다고…….

L에게 주려고 산 운동화를 깜빡하고 버스에 두고 내렸어요. 집 근처 골목으로 접어들어서야 운동화를 버스에 두고 내린 것을 알았어요.

운동화 가격이 만만치 않아서 지출이 컸는데, 서운하지 않았어요. L 대신 익명의 누군가가 그 운동화를 신겠지요. L과 발 치수가 같은 누군가요. 누군지, 부디 오래 그 운동화를 신어 주었으면 좋겠어요. 그 운동화를 신고 L이 살아생전 가 보지 못한 지상의 많은 곳들을 부지런히 누비고 다녀 주었으면요.

24

아크릴릭 젤로 메운 부분을 중심으로, 시각적 통일성을 주기 위해 유화물감을 칠해 전체적인 색을 맞춘다.

합성 피혁인 본체에 묻은 먼지를 털고, 안쪽에 묻은 먼지는 진공 흡입한다. 물과 에틸알코올을 섞은 혼합액을 거즈에 묻혀 본체를 닦아 준다. 상처 하나 없는 아기의 몸을 닦는 것처럼 조심스럽다. 육안으로는 보이지 않는, 곰팡이 등 생물학적 오염 물질은 에틸알코올에 의해 제거될 것이다.

박제의 가장 마지막 과정이 코팅이듯, L의 운동화 복원 작업의 마지막 과정 또한 코팅이다. 드디어 마지막 단계인 코팅 작업만 남겨 두고 있다. 합성 피혁인 본체는 아크릴릭으로, 밑창 부분은 바니시로 코팅 처리하기로 한다.

오후에 채 관장이 전화를 걸어와 L의 운동화를 인수해 갈 날짜를 조율한다. L기념관에서는 기념일에 맞추어 작은 행사를 계획하고 있는데, 그날 복원된 L의 운동화를 일반인들에게 공개할 거란다.

L의 운동화가 내 작업대를 떠나, 뚜벅뚜벅 작업실을 걸어 나가는 상상을 한다. 복도를 통과해 보존연구소 출입문 밖으로 걸어 나가는. L의 운동화는 골목을 헤매다 도로에 이른다. 도로를 따라 걷다가, 횡단보도 앞에서 멈추어 선다. 신호등이 없는 횡단보도다. 차들이 뜸해질 때까지 기다렸다가 횡단보도를 건넌다. 비둘기 한 쌍이 어슬렁거리는 쓰레기통 앞을 지나, 지하철역 계단을 내려간다. 개찰구를 통과한다. 지하철이 서고, 문이 열린다. L의 운동화는 잠시 주춤하다 마침내 온갖 신발들 속으로 걸어 들어간다.

25

"둘이 아니라 셋이에요."

침착하고 무미건조한 목소리와 다르게 L의 운동화를 응시하는 그녀의 눈동자가 불안정하게 흔들린다. L의 운동화는 복원된 밑창을 위로 향하고 조명 불빛 아래 놓여 있다. 그녀가 내 작업실에 마지막으로 다녀갔을 때 L의 운동화는 밑창 굽에서 탈락한 조각들을 맞추는 중이었다.

L의 운동화를 보면서 말하고 있어서일까. 내가 아니라 L의 운동화에게 할 말이 있어서 내 작업실을 찾은 것 같다. 그녀는 여태 내가 아니라 L의 운동화에게 말을 하고 있었던 것이 아닐까.

"쪼개진 내가 둘이 아니라…… 꿈속에서 쪼개진 내

가…….”

아들의 발에 운동화를 신기는 꿈을 말하는 것이리라. 아들의 왼발에 신기고 있는 운동화가 오른짝이라는 것을 알면서도 어떻게든 신기려고 하는 꿈을. 그녀는 그 꿈속에서 매번 자신이 둘로 쪼개져 존재한다고 했다. 아들의 왼발에 오른짝 운동화를 신기고 있는 자신과 그런 자신을 무기력하게 지켜보기만 하는 또 다른 자신이. 마치 하나의 육체에 두 영혼이 깃들어 있듯이.

그녀는 어젯밤에도 그 꿈을 꾸었다고 말한다. 꿈에 그녀는 45번 국도 위에서 아들에게 운동화를 신기고 있었다. 그런데 어느 순간, 운동화는 죽은 토끼로 바뀌어 있었다. 내장이 터져 흐르고, 부러진 뼈가 살을 찢고 송곳처럼 튀어나오고, 납작하게 함몰된 머릿속에 두 눈동자가 싸구려 인조 보석처럼 박힌 토끼였다. 열 발짝쯤 떨어진 곳에서는 남편의 차가 비상등을 깜박이면서 서 있었다. 횟집 수족관에서는 갯불들이 춤을 추고. 아들의 왼발 발가락들이 안쪽이 아니라 바깥쪽을 향해 뒤틀려 있었다.

“셋이요…… 아들의 왼발에 오른짝 운동화를 신기는 나와…… 그런 나를 무기력하게 바라보는 나…… 그리고 그런 나를 심판하듯 똑똑히 지켜보는 나…… 그렇게 셋이요.”

그녀는 자신을 고통스럽게 하는 '나'는 아들의 왼발에 오른짝 운동화를 신기는 나도, 그런 나를 무기력하게 바라보는 나도 아니라고 말한다. 그런 나를 심판하듯 바라보는 나라고. 자신에게 죄의식을 불러일으키는 그 '나'는 꿈속뿐 아니라 꿈 밖에도 존재한다고.

"그러고 보니 어젯밤에 저도 꿈을 꾸었습니다."

L의 운동화를 내 작업대로 가져온 뒤로 처음 꾸는 꿈이었다. L의 운동화를 복원하는 동안 나는 그 어떤 꿈도 꾸지 않았다.

"어떤 꿈을요?"

그녀는 궁금해한다.

"L의 운동화 끈을 푸는 꿈이었습니다. 끈을 풀기는 풀었는데 매지 못해 쩔쩔매는……. 아무리 다시 매도 L이 묶은 모양과 똑같은 모양이 나오지 않았습니다. 복원한 L의 운동화를 공개하기로 한 날짜가 하루 뒤로 잡혀 있었습니다. L의 어머니를 비롯해서, L을 기억하는 모든 이들이 복원한 L의 운동화를 보러 오기로 되어 있었습니다. L의 누님들도, 영결식 때 L의 영정 사진을 들고 운구 행렬을 이끌었던 남동생도, L이 활동했던 만화 동아리 선후배들도, 병원 응급실까지 L을 부축했던 이들도, 사진 한 장으로 전 세계에 L의 죽음을 알린 정태원 선생도……."

"사진 한 장이요?"

"최루탄을 머리에 맞고 피를 흘리는 L을, L의 학우가 뒤에서 부둥켜안고 있는 사진이요. 로이터 통신 사진 기자였던 정 선생이 찍어 전 세계에 타전한 사진 말입니다. 정 선생은 다른 외신 기자들이 멀리서 망원렌즈로 찍을 때 시위대 속에서 방독면을 쓰고 사진을 찍었다고 하더군요. 필름을 압수당할 것에 대비해 세 개의 사진기로 번갈아 가면서요."

그녀의 손이 L의 운동화로 향한다. 그녀가 L의 운동화를 만지고 싶어 하면서도, 자신의 손이 그것에 가 닿는 것을 주저하는 것이 느껴진다.

"코팅 처리 작업만 남겨 두고 있습니다."

그러나 그녀의 손은 L의 운동화를 선뜻 만지지 못한다.

그녀의 손이 L의 운동화를 어루만지는 것이, 여러 과정 중 하나인 것 같은 생각이 든다. 내가 미처 염두에 두지 못했던 과정만. 복원의 전 과정을 머릿속으로 수백 번 반복하는 동안에도 전혀 떠오르지 않던. 그러니까 경화, 메우기, 형태 고정, 색 맞추기, 클리닝, 코팅으로 이어지는 과정들과 마찬가지로 반드시 진행하고 넘어가야 하는 한 과정만.

"아침에 컵을 깨뜨렸어요. 물을 따라 마시다가, 갑자기 손에 마비가 와서 잡고 있던 컵을 놓치고 말았어요."

그녀는 L의 운동화를 집어 드는 순간 자신의 손에 마비가 올까 봐 두렵다고 말한다. 그만 L의 운동화를 놓칠까 봐 겁이 난다고.

"잠이 든 뮤즈를 넣는 심정이었습니다."

그녀가 고개를 들어 나를 쳐다본다.

"무참히 눌린 본체의 형태 교정을 위해 발사나무를 깎아서 만든 내부 보형물을 L의 운동화 속으로 집어넣을 때, 잠이 든 뮤즈를 넣는 심정이었습니다."

그녀의 엄지손가락이 L의 운동화에 닿는 것을 나는 떨리는 심정으로 바라본다.

26

L의 운동화 밑창에 바니시를 칠하던 날, 마이다네크 수용소의 박물관에서 신발 여덟 점이 사라졌다는 신문 기사를 읽는다. 마이다네크 수용소는 나치 정권이 만든 수용소로 그곳에서는 7만 8천 명이 넘는 유대인들이 가스실에서 목숨을 잃었다. 여덟 점의 신발은 홀로코스트 피해자의 신발들로, 그곳에는 5만 7천 점의 피해자 신발들이 철망 속에 전시되어 있다. 여덟 점의 신발들 한 점 한 점은 5만 7천 점의 신발들 중 한 점으로, 박물관 측에서는 철망이 절단된 사실을 뒤늦게 발견해 신고를 했다.

5만 7천 점의 신발들은 나치 정권의 범죄 규모를 증거하는 역사적 증거물로, 여덟 점의 신발을 도난당한 것은 박물관에 큰 손실이라고, 박물관 측은 말했다. 그 박물관에서는 1989년 수용소의 화장장에서 수거한 피해자의 유해가 사라지는가 하면, 2013년에는 전시 중이던 죄수모가 도난을 당한 적도 있다.

신발 여덟 점을 도난당했다는 기사 옆에는, 수용소 박물관에 전시되어 있는 신발들을 찍은 사진이 실려 있다. 격자무늬로 짠 철망 속 신발들은 밑창이 닳고, 옆구리 부분이 들뜨고, 찢겨 있다. 누렇게 변색된 속내를 고스란히 드러내고 있거나.

끈은 온데간데없고, 끈을 꿰었던 구멍들만 있는 신발에 눈길이 간다. 5만 7천 점의 신발 중 하나다.

사진은 내게, 잊고 있던 신발들을 떠올리게 한다. 미국 워싱턴의 홀로코스트 박물관에 전시되어 있는, 산더미처럼 쌓인 신발들 중에 똑같은 신발은 없었다. 원래는 똑같았던 신발들은, 똑같은 신발이 아니었다. 그것을 신었던 사람들에 의해 전혀 다른 신발이 되어 있었다. 신발들이 다 다른데도, 3톤 분량은 족히 될 것 같은 신발들은 한 점의 신발처럼 보였다. 거대한 한 점의 신발처럼.

밤 9시경, 채 관장이 전화를 걸어와 내게 전날 새롭게 알게 된 사실을 들려준다. 내가 꼭 알아야만 하는 사실을 전하듯, 그녀의 목소리는 다소 흥분해 있다.

"오늘 낮에 L의 운동화를 주웠다는 이를 만났어요. 뜻밖에도 제 지인의 친구분이었어요. 여자분으로, 자신도 그날 L이 피격을 당하던 현장에 있었다고 했어요. 사람들이 부축해 가는 L의 발에서 떨어진 운동화를 자신이 주웠다고요. 운동화를 찾아 주려고 병원까지 따라갔다고 했어요. 나아서 집에 가려면 운동화가 있어야 할 텐데 싶어서요. 운동화가 있어야 그것을 신고 집에 갈 텐데 싶어서…… 그 여자분은 L이 나아서 집에 갈 수 있을 것이라고 생각했던 것 같아요. L과는 개인적으로 모르는 사이라고 했어요. 운동화를 아무에게나 줄 수 없어서 손에 꼭 들고 있었대요. 밤 11시가 넘도록 운동화를 손에 꼭 들고 응급실 한쪽에 가만히 서 있다가 L의 어머니께 전해 드렸대요. 그 후로 까맣게 잊고 살다가, 신문에서 L의 운동화를 복원한다는 기사를 읽고 무척 놀랐대요. 그날 병원 응급실까지 따라가 집에도 못 가고 기다리다가 L의 어머니께 전해 드린 운동화가, 신문 한 귀퉁에 실린 L의 운동화가 맞나 싶어 혼란스러웠다고 했어요."

전화 통화를 끝내고 나는 한동안 우두커니 서 있다. 운동화가 있어야 집에 갈 텐데 싶어서 L의 어머니가 올 때

까지 운동화를 꼭 들고 응급실 한쪽에 서 있었던 마음, 그
마음이 지난 28년 동안 L의 운동화를 버티게 해 준 게 아
닌가 싶어서.

27

"예술 작품이더군."

"……?"

"L의 운동화 말일세."

며칠 전 밑창 코팅 작업을 할 때 강 선배는 내 작업실에 다녀갔다. 내가 아크릴릭 젤로 L의 운동화 밑창 빈 공간들을 채우는 과정을 지켜보았다.

"그렇게 생각하세요?"

"역사적인 예술 작품이던걸."

분석실을 나와 작업실로 가던 나는 회화 복원실을 들여다본다. 그녀의 자리에는 복원가 류가 앉아 있다. 「묵죽도」 복원 작업은 그녀에게서 류에게로 넘어갔다. 아들을 만나고 온 뒤 그녀는 자진해서 복원 작업을 중단했다. 언제가 될지 모르지만 그녀는 회복되어 복원실로 돌아올 것이다.

작업실에 들어선 지 10여 분이 지나서야 스탠드 전원을 켜 작업대를 밝힌다. L의 운동화가 들어 있는 플라스틱 상자 뚜껑을 열려다 말고 안도의 숨을 길게 내쉰다. 여섯 개의 조각들이 기적적으로 맞아떨어지던 순간이 떠올라서다.

나는 위생 장갑을 착용하고 상자 뚜껑을 연다. L의 운동화는 전시실 진열장에 들어 있을 때와 마찬가지로 밑창을 위로 향하고 있다. 늘 그렇듯 온도와 습도를 가장 먼저 체크한다. 22도, 46퍼센트.

문득 마이다네크 수용소의 사라진 신발 여덟 점이 어디로 갔는지 L의 운동화가 알고 있을 것 같은 생각이 든다.

마이다네크 수용소의 5만 7천 점에 달하는 신발들을 한 점 한 점 내 작업대로 가져와 복원, 보존 처리할 경우 어느 정도의 시간이 필요할까. 시간을 가늠하는 것이 불가능하다는 결론을 내린다. 훼손 정도와 심각하게 탈락된 부위가 제각각 다를 것이기 때문이다.

　하루 종일 나는 L의 운동화 곁에 머문다. 머물기만 할 뿐 L의 운동화에 아무것도 하지 않는다. 다만 지켜볼 뿐이다.

　여전히 작업하는 시간보다 지켜보는 시간이, 기다리는 시간이 더 길다.

　그리고 여전히 L의 운동화는 내게 말을 걸어오지 않는다.

감사의 말

저는 『L의 운동화』가 모든 분과 함께 완성한 소설이라고 생각합니다.

또한 『L의 운동화』가 '이한열 운동화 복원'이라는 큰 흐름 속에 있는 소설이라고 생각합니다.

이 소설을 쓰고 퇴고하는 과정에서 작가가 얼마나 섬세하게 소설 속 대상들에게 다가가야 하는지 깊이 깨달았음을 고백합니다.

이 소설에 소중한 마음을 담아 주신 이숙례 선생님과 유족분들, 기억 속에만 떠돌던 귀한 이야기를 들려주신

이한열기념관 이경란 관장님과 문영미 학예사님께 감사드립니다.

취재의 과정을 함께하고 마음을 담아 주신 모요사 김철식 대표님과 손경여 선생님, 달콤한 작업실 멤버인 심혜경 선생님과 최예선 선생님께도 감사드립니다.

이한열 운동화 복원 관련 자료들을 제공해 주신 김겸 박사님께도 감사드립니다.

쉽지 않았을 이 책의 편집을 조화롭게 진행해 주신 김소연 선생님께 특별한 감사를 드립니다.

2016년 5월에

김숨

참고와 인용

- 이한열의 의복류 유물 보존 처리와 관련한 내용은 채정민 교수의 강의 참고.

- 머티리얼, 작가의 의도와 관련한 내용은 복원가 김주삼의 인터뷰 참고.《조선일보》,《예술의 전당 월간지》등.

- 조자현 복원가의 글 '미술품 보존복원의 과거, 현재 그리고 미래' 참고.

- 미국 복원가 수전 슈슬러의《연합뉴스》인터뷰 참고. 본문 중 '역사적인 예술 작품'이라는 표현은 그녀의 인터뷰 내용에서 인용.

- 『인간의 욕망과 기독교 복음』, 프랑스와즈 돌토, 김성민 옮김, 한국심리치료연구소.

- '구멍'에 대한 정신분석학적 이론과 관련된 내용은 맹정현 정신분석가의 강의 참고.

- 루이스 부르주아의《지큐 코리아》인터뷰 내용과《조선일보》인터뷰 내용을 일부 인용.

L의 운동화

1판 1쇄 펴냄 2016년 5월 30일
1판 10쇄 펴냄 2023년 10월 18일

지은이 김숨
발행인 박근섭, 박상준
펴낸곳 (주)민음사

출판등록 1966. 5. 19. (제16-490호)
주소   서울특별시 강남구 도산대로1길 62(신사동)
          강남출판문화센터 5층 (우편번호 06027)
대표전화 02-515-2000 팩시밀리 02-515-2007
www.minumsa.com

ⓒ 김숨, 2016. Printed in Seoul, Korea

ISBN 978-89-374-3294-1 (03810)